歌集

歴歳集 三

酒井次男

砂子屋書房

*目次

平成三十年（二〇一八年）

令和元年

装本・倉本　修

第九歌集

歴歳集三

平成三十年（二〇一八年）　長歌一首・反歌一首・短歌六十五首

一月作

嘴の傷（二十一日）

今朝己等が家の裏つ方の庭が内部の小さき畑の辺にて

霜の置くブロッコリーの青葉等に嘴の傷食みたるは鵯

葉物等の少なき冬を大根と人参根菜根比べする

二月作

庭の芝焼き（七日）

今日昼の時に己等が家の裏庭が内部にて己の枯れ芝を焼きて

枯れ芝に火先ふるるや火を発し赤くなりつつ仰け反るがみゆ

枯れ芝の上ゆく火等は踊るがに火等次々と焼きてゆくかも

万葉集のメモ（十五日）

今日の昼の時に村立の図書館が内部にて集英社刊の内田泉之助著・《漢詩大系第4巻古詩源上》が内部を読み、今日の夕べの時より己等が家の内部にて岩波書店の『萬葉集巻二』が内部と『萬葉集巻三』が内部と『萬葉集巻十七』が内部を読みて

十七の三九七三詞書見れば潘江陸海あるも

潘岳の悼亡詩をば知りゐたる可能性巻二・二〇七に

家持も潘岳の詩を読みたれば巻三・四六六の挽歌を

家持等文選の詩賦読みたれば巻十七に賦とぞ書きけむ

三省堂の『全訳漢辞海』が内部によれば、潘岳と陸機は西晋を代表する詩人なりと十五日の今日の日の夕べの或る時にこれを己は知りきと平成三十年の二月の十五日の夜の八時の頃の今の時にこれを己は知る。

『全訳漢辞海』が内部によれば、悼亡の意味は①人の死をいたみ悲しむ。②妻の死をいたみ悲しむ。の意味なりと今月の十五日の今日の夕べの或る時より少し後の或る時にこれを己は知りきと平成三十年の二月の十五日の夜の八時の頃の今の時にこれを己は知る。

三月作

金柑の種

今日の午後己等が家の前つ方の庭が内部にて今年最初の草取りをして

庭土に数多金柑の種見ゆれ鳥等には冬長かりけむぞ

草取りは何と対話をすることか己の土と対話すること

常陸へと（二十七日）

今朝己等が家の内部の書斎が内部にて『萬葉集巻第九』が内部の一七四〇の長歌を読みて

常陸へと旅して来つつ虫麿は流離の思ひ深めけむかも

霞立つ都に帰り知る人の無きは寂しと島子詠みけむ

右の歌が内部の『島子』は『萬葉集巻第九』が内部の一七四〇の長歌が内部の〈浦島の子〉を指すと二十七の日の今日の朝の或る時にこれを己は知りきと平成三十年の三月の二十七日の今日の夜の八時の頃の今の時にこれを己は知る。

岩波書店の『続日本紀　巻第八』が内部によれば、養老三年（七一九年）七月、藤原宇合は常陸の国の守になれり。『万葉集巻第九』が内部には虫麿の『筑波山に登れる歌』の固有の題名を持つ長歌と反歌のあれば、宇合に従ひて高橋虫麿は常陸の国への旅をしつと今日の朝の或る時より少し後の或る時にこれを己は知りき。

春　暖（三十日と三十一日作）

今年の春の時が進行の速度は例年の春の時が進行の速度より速しとこれを知り

掃除機のコードしゅるしゅる納まれば春は盛りとなりにけるかも

春暖に履けばシューズの内も伸び足の指等は伸び伸び歩む

春服に己が身軽くおぼゆれば野を見る前に心浮きくる

四月作

法華経を初めて通読して（四月十一日）

五日より十日までの間の時に己等が家の内部の書斎が内部にて初めて岩波文庫の《法華経》が内部を通読して

賢治作雨ニモマケズ本説は法華経なりと知れど読まずて

序品には演説道場ありしかど仏教語とは知らずてありつ

常不軽菩薩の変形なりと知る雨ニモマケズのデクノボーとは

病より回復の後常不軽菩薩を賢治生きむとしけむ

いにしへの人の如くに法華経に従ひ生きて君は書きけむ

我老いて苦しみつつもいにしへの人等読みける法華経読破

老いて時の限りを知ればこれ読まむ心定まり読破しにけり

クラス会（四月二十二日夜）

今日午後の一時に水戸市が内部の或るホテルが内部にて開催されたる或る高校のクラス会に出席し、二十年ぶりに三十余名の教へ子の人等と会ひて

教へ子の人等が中に未婚者の数は多しと数へけるかも

三人の住所不明の男の子等のあれば問へども皆知らずとぞ

平成の十年以後の改革は奪ひつ人の出会ひと婚期

改革の世とは乱世改革は常に人等が犠牲の上に

見送りに幸くあれとし我言へば笑みつつ君もと子等は言ひける

教へ子等贈り呉れたる薔薇の花昔の面輪まなかひにみゆ

五月作

オレンジの花（六日）

今朝己等が家の裏庭が内部にてオレンヂの木を見つつオレンヂの木が前を通りて

オレンヂは数多の花を咲かせつつ香りのヴェール纏ひて立つも

君濡れ縁にの歌（二十四日）

今朝改造社の『正岡子規集』が内部の『仰臥漫録』が内部の明治三十四年九月二十日付けの散文が内部を読みて

君が目に　籠の中なる　カナリヤは　兄の世話にて　己が時　無き己が身の　如くにも

見えさらにそは　カリエスに　歌詠む得ざる　兄が身の　如くにも見え　さらにそは　見えぬ仏の　掌が中に　生かされてゐる　兄が身の　如くにも今　見ゆれども　口にすまじと　君思ひ　長月二日　昼の時　君濡れ縁に　一人居て　君カナリヤを　見つつ居りけむ

反歌

兄の性歌ふに生くるカナリヤと知ればカナリヤ見つつ居りけむ

『正岡子規集』が内部の明治三十四年九月二十日付けの散文が内部には次の物のありと平成三十年の五月の二十四日の朝の或る時にこれを己は知りきと平成三十年の七月の二十一日の夜の八時の頃の今の時にこれを己は知る。

律ハ理屈ヅクメの女ナリ同感同情ノ無キ木石ノ如キ女ナリ　義務的ニ病人ヲ介抱スルコトハスレドモ同情的ニ病人ヲ慰ムルコトナシ　—中略—　彼ノ同情ナキハ誰ニ對シテモ同ジコトナレドモ只カナリヤニ對シテノミハ眞ノ同情アルガ如シ彼ハカナリヤノ籠の前ニナラバ一時間ニテモ二時間ニテモ只何モセズニ眺メテ居ルナリ　併シ病人ノ側ニハ少シニテモ永ク留マルヲ厭フナリ—以下省略。

講談社の『子規全集　第二十二巻　年譜　資料』が内部の年譜によれば、慶応三年（一八六七年）より明治二十九年（一八九六年）までの間の子規とその家族のことは次の如くになると平成三十年の七月の二十一日の昼の或る時にこれを己は知りきとこれを己は知る。

慶応三年十月十四日、子規誕生。父は正岡隼太常尚（三十五歳）母八重（二十三歳）。明治三年（一八七〇年）十月二十五日、妹律誕生。明治五年四月十四日、父逝去。
明治二十五年春、駒込より下谷上根岸八十八番地に移る。同年の歳暮に家族を迎ふ、途次京都に紅葉を賞す。明治二十七年二月、根岸八十二番地に転居。明治二十八年三月三日従軍記者として広島に向かふ。五月中旬大連湾より帰る。船中喀血、神戸病院に入る。明治二十九年、歩行自由を欠き、多くは病床に在り。

正岡　律氏は長年兄子規の介護をしつとされてをれども、明治二十何年の何月何日より正岡　律氏の兄子規の介護を始めたるかにつきてのこと、『子規全集　第二十二巻　年譜　資料』が内部の年譜と『子規全集　第十四巻　評論・日記』が内部の日記によりても不明なりと平成三十年の七月の二十一日の昼の或るの時より長き時が後の或る時にこれを己は知りき。

六月作

夏至月の（十日）

今朝散歩の途中の他者が家の前庭が外部の道にて庭が内部の土に立つ石榴の木の枝に咲く石榴の花を見て

くもり空に咲ける石榴の朱の色は夏至月の陽の力なるかも

千に一つの花（十七日）

今朝裏庭が内部の小さき畑の辺にて咲く茄子の花を見て〈親の意見と茄子の花は〉を思ひ出でて

千に一つの咲く茄子の花立ち見れば親の無き身はしみじみ悲し

千に一つの花をし見れば重ねたる不孝のままに別れ悔しも

七月作

糸杉の絵より（十日）

今日の昼に散歩の途中の或る社宅が前の道にて貝塚伊吹を見て

真昼まに暗緑色の枝々を捩り立つみゆ貝塚伊吹

暗緑の伊吹を見ればゴッホ作糸杉の絵を思ひ出でつも

今日の午後の二時頃に村立の図書館が内部にて朝日新聞社の画集『オーヴエールのゴッホ』が内部の絵を見て

『花咲くマロニエの枝』

青空が中に一枝マロニエのさ緑の葉等白き花等を

『庭にいるマルグリート・ガッシエ』

庭に咲く花に包まれ立つ白き夫人は花の精の如くに

『花と葉の茂み（アカシアの枝にあたる光の効果）』

アカシアの葉かげの闇に白と黄に輝きて咲くアカシアの花

『オーヴエールの風景（馬車と汽車右に家のある）』

麦畑の彼方右へと走る汽車最中の道を馬車は左へ

『麦の穂』

群立てる麦の茎等と長き葉等黄の花の咲く穂等のみ描く

『オーヴェールの野（曇天の下）』

曇り日の光に遠き麦畑に縞なす麦の緑と黄の色

『麦束』

農婦等が心になりて農婦等の踊るが如き黄なる麦束

『三本の木』

赤土に立つ木等風を受けたれば緑の髪をふり乱すみゆ

画集『オーヴエールのゴッホ』が内部の散文はアラン・モネ著・齋藤智子・渡部葉子訳なりと平成三十年の七月の十日の午後の二時頃にこれを己は知りきと平成三十年の七月の十日の夜の八時の頃の今の時にこれを己は知る。

八月作

炎天の路上（二日）

午後車にて村内の道を走りて

炎天の道路工事の場所なるに老作業員車に指示する

この国は老いて路上に働ける人等に支へられて立つかも

十月作

三度のフレーズ（十一日）

今日の夕べに己等が家の内部の書斎が内部にてＣＤによるブラームスの『交響曲第四番』を聞きて

音に聞く第一楽章冒頭の三度のフレーズ秋にふさはし

幾度も第一主題反復す滅びむとするもの惜しむがに

交響詩既に主流の世の中に追究したり交響曲を

己が身に音楽史をば負ふ覚悟本歌取りをば用ゐてゐるかも

久　慈　川（二十一日）

今日の午後一時半頃に久慈川の留大橋が上にて

遠くより野を分け青く流れ来る久慈の左右は穭稲《ひつじ》のみどり

久慈川の橋の最中に立ち見れば川面の青は空より青し

久慈川の橋の最中ゆ西見れば青々とせる日光連山

十一月作

立　冬（七日）

今日は立冬。今朝の散歩の途中の道にて

畑土の黒きを見ればこの年の白秋は去り玄冬は来ぬ

甘藷掘り終へたる後の畑見れば甘藷を産みてやすむ土みゆ

今日よりは大地根と種内蔵し冬の寒さゆ命守るも

あと幾日（二十四日）

今日の昼の時に己等が家の裏庭が内部にて小菊の花を見て

霜に耐へ咲く花なれど小菊等はあと幾日にもなりにけるかも

小菊等を見てなごめるに陽の陰り急に花色消えて寒さを

十二月作

小林恒岳展（二十四日）

昨日の午後の十二時半より北茨城市大津町が内部に建つ県立天心記念五浦美術館が内部にて
追悼―小林恒岳展を見て

『蓮池朝陽』

明けくれば沼の水面は東より鬱金に染まり広がりゆくも

朝沼の鬱金の水面蒼蓮の葉等と白鷺白き蓮花

『春鯉』

春の沼水ぬるければうれしとも尾の鰭を振る真鯉等のみゆ

尾の鰭をゆるく振るたび真鯉等の水面を揺らす揺れをさへ描く

『残照』

山に立つ雑木等いまだ萌えざるも夕べ山頂黄に輝くも

＊

高浜の青芦原を見つめつつ君この地球の末思ひけむ

吾国山中腹に住み山の景みて山の景異化して普遍化

パンフレットの『追悼―小林恒岳展』が内部には次の物のありと二十四日の今日の日の朝の或る時にこれを己は知りきと平成三十年の十二月の二十四日の夜の八時の頃の今の時にこれを己は知る。

昭和三十四年に小林恒岳氏（本名恒吉）は東京藝術大学日本画科専攻科を終了し、東京にて氏は新興美術院に抽象表現の作品を出品してゐたれども、昭和四十年に氏は東京より父小林巣居人（日本画家）の故郷茨城県石岡市高浜に転居したり。昭和六十二年に石岡市太田の吾国山中腹に氏は己がアトリエを構へたり。平成五年に氏は己が雅号を恒吉より恒岳に改めたり。平成二十九年六月二十八日逝去（八十五歳）。

報告（三十一日）

今朝己等が家の内部の書斎が内部にて

屋戸の内に悪阻に苦しむ君が孫我等と暮れを過ごすと申す

君が娘己が娘の悪阻知れば若くなりぬと添ひ寝すと申す

今月の十日の日の昼の時に己が娘は己等が家に来て、それの時より昨日の日の夕べの時までの間己等が家の内部に我等と共に己が娘は住みつと今日の日の夜の九時頃の今の時にこれを己は知る。

平成三十一年（二〇一九年）　長歌四首・反歌四首・短歌四十首

一月　作

雉子と目白（十日）

今朝散歩の途中の道にて

麦生ふる畑に朝の陽あび歩む雉子振り向けば首輝くも

凍てつける藪椿の葉花なれど枝移りする目白等みゆる

星野　徹先生の命日に（十三日）

今朝己等が家の内部の書斎が内部にて今日は先生の命日なりと知れば、それによりて己が覚えが中より己は己が心の内部に四つのこと等を思ひ出でて

この歌のどれの詞を変ふべしと君思ふやと師は問ひしかも

この歌のこれの詞の悪しき故を己が力に君言ひ得るや
（昭和四十四年四月水戸市の先生宅が内部にて）

歌よむに満足せずて君論を作らば歌はよりよくならむ
（平成元年十二月）

歌よむは苦しと思はば詞書用ゐてよむを君試みよ
（平成十五年三月）

日陰は（二十二日）

野焼きは禁止されゐるが、今日の昼の時に己等が家の裏庭が内部にて枯れ芝をひそかに焼きて

庭の芝焼けば日向の枯れ芝等よく燃ゆれども日陰は燃えず

二月作

初雲雀（二十一日）

今朝散歩の途中の道にて今年初めて雲雀の声を聞きて

空に鳴く声きこゆれど鳴く雲雀見えず鳴く声のみにてもよし

三月作

庭動き初めつ（五日）

今朝己等が家の前庭が内部にて

二日雨今朝立ち見れば矮鶏《ちゃぼ》檜葉《ひば》は霜焼け色ゆ暗緑円筒

伽羅の木等赤茶の色と見えゐしが赤茶の色ゆ暗緑球体

立ち寒の紅き花等の終はるなべ椿の白き花等咲き初む

山茶花ゆ侘び助立ち寒白椿秋より春に花は咲き継ぐ

この庭の木々の設計しつる義父秋より花を絶やさぬ意図に

牡丹の木赤き筆先めく芽等の見ゆれ我が庭動き初めつも

汝も大地にの歌（二十五日夜に作る）

今朝の七時半の頃に己等が家の裏庭が内部の西つ方の隅の土に立つ己等が娘の小学校卒業記念樹の富有の柿の木が前にて

柿の木が　前に立つ我　己が目に　己が前見れば　柿の木の　数多の枝等　黄の芽等の
立つ枝見ゆれ　柿の木の　数多の枝等　黄の芽等の　立つ枝見れば　去年の秋　夕べかの
時　食卓に　着くや左ゆ　己が妻　娘は身籠もれりと　言ふ声を　我思ひ出で　西空を
見れば村内　アパートが　食卓にして　汝と夫　食事し終へて　夫が前　高齢となり　己
が腹に　初めて黒き　正中線　持ちたる汝は　胎動を　覚ゆる度に　産み月の　六月末の
それの時　己は如何に　すべきとぞ　汝は惑ひて　ゐるらむと　思へばこれの　列島の
縄文時代ゆ　妊婦等は　大地に成らむと　こを願ひ　大地の妊婦　己が児を　産みて来け
りと　これ聞けば　明日夜に　汝も大地に　成らむとし　これを願ひて　ゆるらかに　汝
も大地に　成り行きて　夏六月の　この柿の　数多の枝に　青葉等は　茂り数多の　実等
まろく　成らむ六月　それの時　大地の汝は　己が児を　いと安らけく　産まむこと　願
ひつつ我　柿の木を見る

反歌

それの時大地の汝は安らけく産まむ願ひつつ柿の木を見る

四月作

燕等の声（九日）

今朝散歩の途中の道にて

電線に二羽の燕の白き胸海越え来つれ誇りかに鳴く

令和元年

五月作

黄緑の光背の歌（十二日）

植物園　薔薇園抜けて　さ緑の　芝生が中の　細道に　我等は並び　立ち見れば　西つ方へと　さ緑の　芝生は続き　西つ方　桜の林　青葉等の　茂る上には　青空を　背景にして　三本の　メタセコイア等　各各は　寄り添ひあへる　黄緑の光背の如　見えしかば　それより帰り　己等が　屋戸が内部の　居間にして　己が前にし　居る妻の　君が目見つつ　これを言ふなり

反歌

三本のメタセコイア等黄緑の光背の如これを言ふなり

令和元年の五月の十二日の午後一時頃に己等が家の前の駐車場より己が車にて那珂市が内部の県立植物園へと走り、午後一時頃半頃にそれに着き、それが内部の己がダウン症の息子の彼と己は数多の木等が各各を見つつ歩み、午後の三時半頃に彼と己等は己等が家の前の駐車場に着きつと平令和元年の五月の十二日の今日の夜の八時の頃の今の時にこれを己は知る。

赤　土（十七日）

今日の昼の時に村内の山の辺の道路工事現場に近き所にて

パワーショベル赤土空に上げたれば空に赤土映えてぞ見ゆるも

心　し　て（二十七日）

今朝散歩の途中の道にて

心して景見よ同じ景なれど同じ思ひになる景なけれ

生きてあれば心乱るる多ければ佳き景見つつ心鎮めよ

六月作

ハープの弦（六日）

今日の夕べの時に書斎が内部にてＣＤによるベートーヴェンの『熱情』を聞きて

『熱情』の第一楽章ふとミューズハープの弦を鳴らす場のあり

ふっくらの月（十三日）

今日午後七時半の頃に己等が家の前庭が内部にて己が妻と我等の己が車にてアパートに帰る身籠もれる己が娘とその夫を見送り、月を見れば、己が覚えが中より己は己が心の内部に今朝の新聞に今日の月齢は10・7なりとありつることを思ひ出でて

己が娘の産み月今夜ふっくらの月照る月齢10・7の

七月作

赤　子（七日）

今の世に夫と分娩室に入る普通のことと娘は言ひつ

己が身の振動すれば産道を子は降り来つと娘は言ひつ

激痛に耐へて妻より母になり添ひ寝する君まさめに見しかも

君が孫の前に赤子の両手振り泣けば父等よ見聞き給はね

三日にひたちなか市が内部の或る病院が内部にて己等が娘は男の子を産み、今日午後一時頃に車にて己等が娘とその夫と男の子等は己等が家に来つ。

帯開きの歌（二十日）

己等が　屋戸の内部が床の間の　部屋が最中に　敷かれたる　幼児布団に　己が頭を　南に向けて　あふむけに　眠る乳呑み子　左側　居る我が右に居る兄の　眠る子を見て　これの子が耳の形は　これの子が　父の耳等に　よく似ると　言ひ乳呑み子が　右に居る姉妹等己が目に　眠る子を見て　これの子が鼻の形は　これの子が母の鼻にし　よく似ると　姉妹等　言葉等に　言ふ声聞けば　かれの日に　部屋が最中に　置かれたる　ベビーベッドに　敷かれたる　幼児布団に　己が頭を　南に向けて　あふむけに　眠る乳呑み子左側　居る我が右に　居る父等　眠る子を見て　これの子が耳の形は　これの子が　父の耳等に　よく似ると　言ひ乳呑み子が　右に居る　二人の母等　これの子が鼻の形は　言ふ声等　聞きつと我は　思ひ出で　父等母等に　これをぞ申す

反　歌

孫を見て祝ふ兄等の声聞けば父等の声を聞きつと申す

令和元年の七月の二十日の午後の三時に己等が娘の出産祝ひに己が兄と姉と二人の妹等は己等が家に着きつ。

古き時代より茨城県北部地方には産後二十一日目に帯開きと称する出産祝ひをする習俗あり。或る時期に高萩市が内部の県立教員住宅に己等は住み居たるが、昭和五十四年一月十二日に高萩市が内部の或る病院にて己等が娘は生まれつと令和元年の七月の二十日の今日の夜の八時の頃の今の時にこれを己は知る。

八月作

立　秋（八日）

今日は立秋。今朝己等が家の前庭が内部にて詫び助の木を見て

朝の陽に照る詫び助の暗緑の葉等の間にとがる莟等

九月作

アウー（四日）

今朝己等が家の内部の居間が内部にて授乳を終へたる己が娘と乳飲み子（名は快征なり）を見て

授乳終へ娘アウーと問ひかくれ乳飲み子アウーと答へ笑ふも

乳飲み子に自己愛めばえそめたるか右手の指をしゃぶりて飽かず

要点（五日）

今朝散歩の途中の道にて

歌を詠む要点は何そは今の己を歌に示すことなり

推敲の要点は何そは過去の歌の己を確かむること

二羽の鳶（二十五日）

今日の午後苅田の辺の道にて

二羽の鳶苅田見下ろし青空を主の如くに旋りゐる見ゆ

十月作

草紅葉原（三十一日）

午後一時頃村内を己が車にて走りて

団地より車にて出で右左見れば右左草紅葉原

十一月作

風　邪（八日）

今朝風邪を引きさうになれると知り、午前中寝て床の中にて

風邪に背を舐めらるる感よく知れる人老い人と言ふべくあるらし

膝を突く家（九日）

今日午後に村内の或る寺に近き所にて

熟れし実に枝もたわわに立つ柿の背後を見れば膝を突く家

霧晴れて（二十五日）

今朝濃霧。散歩の途中の道にて

霧晴れて道の辺に立つ枯れ風知草の穂等には白玉の露

霧晴れて見れば昨日の枯れ草の原はかがやく玉露の原

十二月作

君在りての歌（二日の夜作）

今日の夜八時の頃に書斎が内部にて

今日の日の　午後の三時に　水戸駅の　北つ方の辺の　道の辺の　土に建つ　ホテルが内部　歌人賞選考会の　果てつれば　それが内部ゆ　我は出で　車に乗れば　今妻は　大腸癌の　内視鏡　検査受けつつ　あらむとし　思ひつつ車に　国道を　北に走りて　村立の東海病院　受付が　右の所に　立ち見れば　通路奥　内科診察　室前が　ベンチに座せる妻見ゆれ　妻の横顔　安らけく　見ゆれ予想は　つきしかど　横顔見つつ　近寄りて　検査結果は　如何なると　問へば我見て　安らけき　顔にて異常　無しとこを　医師は言ひつと　言ふ声を　聞けば心に　喜びは　あまりあまりて　かれの日に　我等障害　持つ男の子　得つれば己が　歌の道　細き道とし　これを知り　三十八年　ひたぶるに　かつ慎重に　歌の道　歩み来しかど　過去の道　妻君在りて　在り得つる　歌の道とし　我知れば　明日の朝ゆ　我の行く　道を思へば　明日の日ゆ　我行く道も　妻君の　在りて在り得る　道にぞならむ

反歌

明日の日ゆ我が行く道も妻君の在りて在り得る道にぞならむ

茨城歌人会は毎年十月二十日頃必着にて茨城歌人賞の作品と評論賞の作品を募集してゐる。運営委員の郵送による担当者への投票を集計することによりて第一次選考を行ひ、毎年十二月一日或いは二日の午後一時より午後三時までの間の時に水戸駅の北つ方の三の丸ホテルが内部にての運営委員の討議による第二次の選考会によりて茨城歌人賞の作品と評論賞の作品を決定してゐるとこれを令和元年の十二月の二日の今日の夜の八時の頃の今の時にこれを己は知る。

おんぶ紐（十日）

今日午前九時半より午後六時まで娘より生後五ヶ月の男孫を妻と我等は預かりて

先週の如くあやせど笑はざれ五ヶ月の孫日々学ぶらし

五ヶ月になり人見知り強まれば母恋ふときはおらび泣くかも

泣く様を真似て見すれば泣きやめてじつと顔見て孫は笑ふも

背に孫のぬくもり覚えおんぶ紐孫おぶひつつ炊事せしかも

篠藪（十八日）

今朝散歩の途中の道にて

道の辺の篠藪見ればば黄葉せる篠の葉みゆれ真冬迫りぬ

令和二年（二〇二〇年）　長歌三首・反歌三首・論二つ・短歌七十二首　論　二

一月作

元日の朝に（元日の夜七時作）

今朝七時半頃に己等が家の前庭が内部にて

元日の朝はれたれ庭梅の枝等にはるる苔等のみゆ

庭梅のめぐりの土を破裂させ土持ち上げて反る霜柱

黒松を見れば枝等に立つ針の葉等悉くま冬の光

詫び助の下立ち寒の下に敷く花等寒さにみなあらたしも

右側の門柱の右門かぶり黒松延ばふ高枝照るみゆ

父の命日に（十六日）

今朝七時半頃書斎が内部にて

墓地へ続く登る坂道藪中に鳴く頬白の声等を聞きし

杉林背にする土に石鏃等眠る畑に接する台地

墓地の辺に見れば高帽山の見え東大津の浜辺の見えし

昨日の一月十五日は父の命日なれば、昨日正午に墓参。その後に己が兄の家が内部にて我等は新年会をしつ。

橘の諸兄と万葉集につきての論（二十一日作）

己が立場に立つ男の子が人の作者の酒井次の我の己が幻視にて秋津洲の大和の国の己が立場に立ち賜ふ聖武の天皇の秋津洲の大和の国が宇内を御め賜ひける大きなる御時が大きなる御代のこれの世の中の天平の十三の数の年が内部の冬の時が内部の十一の数の月が内部の或る数の日が内部の朝の時が内部の或る時の秋津洲の大和

の国が内部の山背の国が内部の恭仁京の都が内部の路の辺の土が上に己の建つ己が屋戸が内部の床が上に己の己が四の数の脚等にて立つ文机のそれはそれが上の右つ方の所には硯のこれはこれが上に筆の軸と墨の載る硯の載り硯の左つ方の所には数多の数等の載る文机が前の所の床が上の円座が上に己の己が指貫が中の己が二の数の脚等と己が尻にて居給ひつる己が立場に立つ男の子が人の臣下の者の右大臣の橘の諸兄の彼を視奉りつつ秋津洲の大和の国の己が立場に立ち賜ふ聖武の天皇の秋津洲の大和の国が宇内を御め賜ひける大きなる御時が大きなる御代のこれの世の中の天平の十三の数の年が内部の冬の時が内部の十一の数の月が内部の或る数の日が内部の朝の時が内部の或る時に己が立場に立つ男の子が人の臣下の者の右大臣の橘の諸兄の彼のし給ひつることにつきてのことを己の己が思考力にて思へば、それにより て秋津洲の大和の国の己が立場に立ち賜ふ聖武の天皇の秋津洲の大和の国が宇内を御め賜ふ大きなる御時が大きなる御代のこれの世の中の天平の十三の数の年が内部の冬の時が内部の十一の数の月が内部の或る数の日が内部の朝の時が内部の或る時に秋津洲の大和の国が内部の山背の国が内部の恭仁京の都が内部の路の辺の土が上に己の立つ己が屋戸が内部の床が上の円座が上に己の己が指貫が中の己が二の数の脚等と己が尻にて居給ひつる己が立場に立つ男の子が人の臣下の者の右大臣の橘の諸兄の彼の己が幻視にて己が頭の中の脳が内部の覚えが中を視給ひつれば、それによりて己が立場に立つ男の子が人の臣下の者の右大臣の橘の諸兄の彼が幻視に己が頭の中の脳が内部の覚えが中の次の物の視え給ひつれば、秋津洲の大和の国の己が立場に立ち賜ふ今の上が天皇の秋津洲の大和の国が宇内を御め賜ひし大きなる御時が大きなる御代のこれの世の中の天平の八年が内部の冬の時が内部の十一の数の月が内部の十一の数の日が内部の朝の時が内部の或る時に己が立場に立ち奉る男の子が人の臣下の者の従三位の葛城王と従四位上の佐為王等が各各の橘宿禰の姓を得ることを願ひ奉り、それによりて己が立場に立ち奉る男の子が人の臣下の者の従三位の葛城王と従四位上の佐為王等の上りたる秋津洲の大和の国が文語の非定型の散文の体が詩型による表の散文の原形

それによりて己が頭の中の脳が内部の覚えが中には右の物の在りとこれを己が立場に立つ男の子が人の臣下の者の右大臣の橘の諸兄の彼は知り給ひつとこれを己は知る。すると秋津洲の大和の国の己が立場に立ち賜ふ聖武の天皇の秋津洲の大和の国が宇内を御め賜はむ大きなる御時が大きなる御代のこれの世の中の天平の十三の数の年が内部の冬の時が内部の十一の数の月が内部の或る数の日の明日の日が内部の朝の時が内部の或る時に秋津洲の大和の国が内部の山背の国が内部の恭仁京の都が内部の大きなる内裏が内部の路の辺の土が上に己の建つ大極殿が内部の床が上の円座が上に己の己が指貫が中の己が二の数の脚等と己が尻にて居給ひつる己が御前の秋津洲の大和の国の己が立場に立ち賜ふ今の上が天皇の御顔の表が面を己が立場に立ち奉る男の子が人の臣下の者の右大臣の橘の諸兄の我は己が二つの目等にて見

奉りつつ己が御前の秋津洲の大和の国の己が立場に立ち賜ふ今の上が天皇に対し奉りて己が立場に立ち奉る男の子が人の臣下の者の右大臣の橘の諸兄の我は己が頭の中の脳が内部の心が内部の《秋津洲の大和の国が文語の歌の体が詩型による詠歌の集》のこれはこれの固有の名称の何かの物を持つことになる《秋津洲の大和の国が文語の歌の体が詩型による詠歌の集》の固有の名称の原形を何かの物とし、それによりて己が立場に立ち奉る男の子が人の臣下の者の右大臣の橘の諸兄の我は己が頭の中の脳が内部の心が内部の《秋津洲の大和の国が文語の歌の体が詩型による詠歌の集》のこれはこれの固有の名称の何かの物を持つことになる《秋津洲の大和の国が文語の歌の体が詩型による詠歌の集》の固有の名称を何かの物とせむとこれを己が立場に立ち奉る男の子が人の臣下の者の右大臣の橘の諸兄の我は己が音声の数多の数の秋津洲の大和の国が文語の詞等にて申さむとこれを己が立場に立つ男の子が人の臣下の者の右大臣の橘の諸兄の彼の己が思考力にて思ひつれば、それによりて己が立場に立つ男の子が人の臣下の者の右大臣の橘の諸兄の我は己が黙読にて己が頭の中の脳が内部の心が内部の次の物を読まむとこれを己が立場に立つ男の子が人の臣下の者の右大臣の橘の諸兄の彼は己が思考力にて思ひ給ひつとこれを己は知る。

秋津洲の大和の国の己が立場に立ち賜ふ今の上が天皇の秋津洲の大和の国が宇内を御め賜ひし大きなる御時が大きなる御代のこれの世の中の天平の八年が内部の冬の時が内部の十一の数の月が内部の十一の数の日が内部の朝の時が内部の或る時に

己が立場に立ち奉る男の子が人の臣下の者の従三位の葛城王と従四位上の佐為王等が各各の橘宿禰の姓を得ることを願ひ奉り、それによりて己が立場に立ち奉る男の子が人の臣下の者の従三位の葛城王と従四位上の佐為王等の上りたる秋津洲の大和の国が文語の非定型の散文の体が詩型による表の散文の原形

すると己が立場に立つ男の子が人の臣下の者の右大臣の橘の諸兄の彼は己が立場に立つ男の子が人の臣下の者の右大臣の読者の橘の諸兄の彼になりつれば、それによりて己が頭の中の脳が内部の覚えが中の物を己が立場に立つ男の子が人の臣下の者の右大臣の読者の橘の諸兄の我は己が頭の中の脳が内部の心が内部に思ひ起こさむとこれを己が立場に立つ男の子が人の臣下の者の右大臣の読者の橘の諸兄の彼の己が思考力にて思ひつれば、それによりて己が頭の中の脳が内部の覚えが中の物を己が立場に立つ男の子が人の臣下の者の右大臣の読者の橘の諸兄の彼は己が頭の中の脳が内部の心が内部に思ひ起こし給ひ、それによりて己が立場に立つ男の子が人の臣下の者の右大臣の読者の橘の諸兄の彼の己が幻視にて己が頭の中の脳が内部の心が内部を視給ひつれば、それによりて己が立場に立つ男の子が人の臣下の者の右大臣の読者の橘の諸兄の彼が幻視に己が頭の中の脳が内部の心が内部の次の物の視え給ひつれば、

秋津洲の大和の国の己が立場に立ち賜ふ今の上が天皇の秋津洲の大和の国が宇内

を御め賜ひし大きなる御時が大きなる御代のこれの世の中の天平の八年が内部の冬の時が内部の十一の数の月が内部の十一の数の日が内部の朝の時が内部の或る時に己が立場に立ち奉る男の子が人の臣下の者の従三位の葛城王と従四位上の佐為王等が各各の橘宿禰の姓を得ることを願ひ奉り、それによりて己が立場に立ち奉る男の子が人の臣下の者の従三位の葛城王と従四位上の佐為王等の上りたる秋津洲の大和の国が文語の非定型の散文の体が詩型による表の散文の原形

それによりて己が頭の中の脳が内部の心が内部には右の物の在りとこれを己が立場に立つ男の子が人の臣下の者の右大臣の読者の橘の諸兄の彼は知り給ひ、それによりて己が頭の中の脳が内部の覚えが中の物を己が立場に立つ男の子が人の臣下の者の右大臣の読者の橘の諸兄の我は己が頭の中の脳が内部の心が内部に思ひ起こしつとこれを己が立場に立つ男の子が人の臣下の者の右大臣の読者の橘の諸兄の彼は知り給ひつと己は知る。

すると己が立場に立つ男の子が人の臣下の者の右大臣の読者の橘の諸兄の彼の己が幻視にて己が頭の中の脳が内部の心が内部の物を視給ひつつ己が頭の中の脳が内部の心が内部の物は己が頭の中の脳が内部の心が内部の何の物と同一にかなるとこれを己が立場に立つ男の子が人の臣下の者の右大臣の読者の橘の諸兄の彼の己が思考力にて思ひつれば、それによりて己が頭の中の脳が内部の心が内部の物は己が頭の中の脳が内部の心が内部の次の物と同一になるとこれを己が立場に立つ男の子が

人の臣下の者の右大臣の読者の橘の諸兄の彼は知り給ひつとこれを己は知る。

数多の数の秋津洲の大和の国が文語の詞等が各各による数多の数の行等が各各の数多の数の秋津洲の大和の国が文語の詞等

すると己が立場に立つ男の子が人の臣下の者の右大臣の読者の橘の諸兄の彼の己が幻視にて己が頭の中の脳が内部の心が内部の物を視給ひつれば、それによりて己が立場に立つ男の子が人の臣下の者の右大臣の読者の橘の諸兄の彼が幻視に己が頭の中の脳が内部の心が内部の物の視え給ひつれば、それによりて己が立場に立つ男の子が人の臣下の者の右大臣の読者の橘の諸兄の彼の己が幻視にて己が幻視に視え給ふ己が頭の中の脳が内部の心が内部の物を視給ひつれば、それによりて己が立場に立つ男の子が人の臣下の者の右大臣の読者の橘の諸兄の彼が幻視に視ゆる己が頭の中の脳が内部の心が内部の物は己が立場に立つ男の子が人の臣下の者の右大臣の読者の橘の諸兄の彼が幻視に己が頭の中の脳が内部の心が内部の次の物と同一に視え給ひつれば、

数多の数の秋津洲の大和の国が文語の詞等が各各による数多の数の行等が各各の数多の数の秋津洲の大和の国が文語の詞等

それによりて己が立場に立つ男の子が人の臣下の者の右大臣の読者の橘の諸兄の彼の己が幻視にて己が幻視に視え賜ひつる己が頭の中の脳が内部の心が内部の物を視給ひつつ己が立場に立つ男の子が人の臣下の者の右大臣の読者の橘の諸兄の彼の己が黙読にて己が幻視に視ゆる己が頭の中の脳が内部の心が内部の次の物を読み給ひつれば、

数多の数の秋津洲の大和の国が文語の詞等が各各による数多の数の行等が各各の数多の数の秋津洲の大和の国が文語の詞等が各各

それによりて己が立場に立つ男の子が人の臣下の者の右大臣の橘の諸兄の我は己が黙読にて己が頭の中の脳が内部の心が内部の次の物を読みつとこれを己が立場に立つ男の子が人の臣下の者の右大臣の橘の諸兄の彼は知り給ひつとこれを己は知る。

秋津洲の大和の国の己が立場に立ち賜ふ今の上が天皇の秋津洲の大和の国が宇内を御め賜ひし大きなる御時が大きなる御代のこれの世の中の天平の八年が内部の冬の時が内部の十一の数の月が内部の十一の数の日が内部の朝の時が内部の或る時に己が立場に立ち奉る男の子が人の臣下の者の従三位の葛城王と従四位上の佐為王等が各各の橘宿禰の姓を得ることを願ひ奉り、それによりて己が立場に立ち奉る男の子が人の臣下の者の従三位の葛城王と従四位上の佐為王等の上りたる秋津洲の大和

の国が文語の非定型の散文の体が詩型による表の散文の原形

　すると己が立場に立つ男の子が人の臣下の者の右大臣の読者の橘の諸兄の彼の己が幻視にて己が頭の中の脳が内部の心が内部の秋津洲の大和の国の己が立場に立ち賜ふ今の上が天皇の秋津洲の大和の国が宇内を御め賜ひし大きなる御時が大きなる御代のこれの世の中の天平の八年が内部の冬の時が内部の十一の数の月が内部の十一の数の日が内部の朝の時が内部の或る時に己が立場に立ち奉る男の子が人の臣下の者の従三位の葛城王と従四位上の佐為王等が各各の橘宿禰の姓を得ることを願ひ奉り、それによりて己が立場に立ち奉る男の子が人の臣下の者の従三位の葛城王と従四位上の佐為王等の上りたる秋津洲の大和の国が文語の非定型の散文の体が詩型による表の散文の原形が内部を視給ひつれば、それによりて己が立場に立つ男の子が人の臣下の者の右大臣の読者の橘の諸兄の彼が幻視に己が頭の中の脳が内部の心が内部の秋津洲の大和の国の己が立場に立ち賜ふ今の上が天皇の秋津洲の大和の国が宇内を御め賜ひし大きなる御時が大きなる御代のこれの世の中の天平の八年が内部の冬の時が内部の十一の数の月が内部の十一の数の日が内部の朝の時が内部の或る時に己が立場に立ち奉る男の子が人の臣下の者の従三位の葛城王と従四位上の佐為王等が各各の橘宿禰の姓を得ることを願ひ奉り、それによりて己が立場に立ち奉る男の子が人の臣下の者の従三位の葛城王と従四位上の佐為王等の上りたる秋津洲の大和の国が文語の非定型の散文の体が詩型による表の散文の原形が内部の数多の数の秋津洲の大和の国が文語の詞等の視え給ひつれば、それによりて己が頭の中の脳が内部の心が内部の秋津洲の大和の国の己が立場に立ち賜ふ今の上が天皇の秋津洲の大和の国が宇内を御め賜ひし大きなる御時が大きなる御代のこれの世の中の天平の八年が内部の冬の時が内部の十一の数の月が内部の十一の数の日が内部の朝の時が内部の或る時に己が立場に立ち奉る男の子が人の臣下の者の従三位の葛城王と従四位上の佐為王等が各各の橘宿禰の姓を得ることを願ひ奉り、それによりて己が立場に立ち奉る男の子が人の臣下の者の従三位の葛城王と従四位上の佐為王等の上りたる秋津洲の大和の国が文語の非定型の散文の体が詩型による表の散文の原形が内部には数多の数の秋津洲の大和の国が文語の詞等の在りとこれを己が立場に立つ男の子が人の臣下の者の右大臣の読者の橘の諸兄の彼は知り給ひつとこれを己は知る。すると己が立場に立つ男の子が人の臣下の者の右大臣の読者の橘の諸兄の彼の己が幻視にて己が頭の中の脳が内部の心が内部の秋津洲の大和の国の己が立場に立ち賜ふ今の上が天皇の秋津洲の大和の国が宇内を御め賜ひし大きなる御時が大きなる御代のこれの世の中の天平の八年が内部の冬の時が内部の十一の数の月が内部の十一の数の日が内部の朝の時が内部の或る時に己が立場に立ち奉る男の子が人の臣下の者の従三位の葛城王と従四位上の佐為王等が各各の橘宿禰の姓を得ることを願ひ奉り、それによりて己が立場に立ち奉る男の子が人の臣下の者の従三位の葛城王と従四位上の佐為王等の上りたる秋津洲の大和の国が文語の非定型の散文の体が詩型による表の散文の原形が内部の数多の数の秋津洲の大和の国が文語の詞等が各各を視給ひつれば、それによりて己が立場に立つ男の子が人の臣下の者の右大臣の読者の橘の諸兄の彼が幻視に己が頭の中の脳が内部の心が内部の秋津洲の大和の国の己が立場に立ち賜ふ今の上が天皇の秋津洲の大和の国が宇内を御め賜ひし大きなる御時が大きなる御代のこれの世の中の天平の八年が内部の冬の時が内部の十一の数の月が内部の十一の数の日が内部の朝の時が内部の或る時に己が立場に立ち奉る男の子が人の臣下の者の従三位の葛城王と従四位上の佐為王等が各各の橘宿禰の姓を得ることを願ひ奉り、それによりて己が立場に立ち奉る男の子が人の臣下の者の従三位の葛城王と従四位上の佐為王等の上りたる秋津洲の大和の国が文語の非定型の散文の体が詩型による表の散文の原形が内部の数多の数の秋津洲の大和の国が文語の詞等が中の万歳と千葉等の視え給ひつれば、それによりて己が頭の中の脳が内部の心が内部の秋津洲の大和の国の己が立場に立ち賜ふ今の上が天皇の秋津洲の大和の国が宇内を御め賜ひし大きなる御時が大きなる御代のこれの世の中の天平の八年が内部の冬の時が内部の十一の数の月が内部の十一の数の日が内部の朝の時が内部の或る時に己が立場に立ち奉る男の子が人の臣下の者の従三位の葛城王と従四位上の佐為王等が各各の橘宿禰の姓を得ることを願ひ奉り、それによりて己が立場に立ち奉る男の子が人の臣下の者の従三位の葛城王と従四位上の佐為王等の上りたる秋津洲の大和の国が文語の非定型の散文の体が詩型による表の散文の原形が内部の数多の数の秋津洲の大和の国が文語の詞等が中には万歳と千葉等の在りとこれを己が立場に立つ男の子が人の臣下の者の右大臣の読者の橘の諸兄の彼は知り給ひつれば、それによりて己が立場に立つ男の子が人の臣下の者の右大臣の読者の橘の諸兄の彼の己が幻視にて己が頭の中の脳が内部の心が内部の秋津洲の大和の国の己が立場に立ち賜ふ今の上が天皇の秋津洲の大和の国が宇内を御め賜ひし大きなる御時が大きなる御代のこれの世の中の天平の八年が内部の冬の時が内部の十一の数の月が内部の十一の数の日が内部の朝の時が内部の或る時に己が立場に立ち奉る男の子が人の臣下の者の従三位の葛城王と従四位上の佐為王等が各各の橘宿禰の姓を得ることを願ひ奉り、それによりて己が立場に立ち奉る男の子が人の臣下の者の従三位の葛城王と従四位上の佐為王等の上りたる秋津洲の大和の国が文語の非定型の散文の体が詩型による表の散文の原形が内部の数多の数の秋津洲の大和の国が文語の詞等が中の万歳と千葉等が各各を視給ひつれば、それによりて己が立場に立つ男の子が人の臣下の者の右大臣の読者の橘の諸兄の我は己が幻視にて己が頭の中の脳が内部の心が内部の己が立場に立ち奉る男の子が人の臣下の者の葛城王と佐為王等が各各の橘宿禰の姓を願ひ奉り、それによりて己が立場に立ち奉る男の子が人の臣下の者の葛城王と佐為王等の上りたる秋津洲の大和の国が文語の非定型の散文の体が詩型による表の原形が内部の数多の数の秋津洲の大和の国が文語の詞等が中の万歳と千葉等が各各を視つつ己が立場に立つ男の子が人の臣下の者の右大臣の読者の橘の諸兄の我は己が頭の中の脳が内部の心が内部の《秋津洲の大和の国が文語の歌の体が詩型による詠歌の集》のこれはこれの固有の名称の何かの物を持つことになる《秋津洲の大和の国が文語の歌の体が詩型による詠歌の集》の固有の名称の原形が内部の《内容》を何の物が内部の《内容》にかせむとこれを己が立場に立つ男の子が人の臣下の者の右大臣の読者の橘の諸兄の我は己が思考力にて思はむとこれを己が立場に立つ男の子が人の臣下の者の右大臣の読者の橘の諸兄の彼の己が思考力にて思ひ給ひ、それによりて己が頭の中の脳が内部の心が内部の秋津洲の大和の国の己が立場に立ち賜ふ今の上が天皇の秋津洲の大和の国が宇内を御め賜ひし大きなる御時が大きなる御代のこれの世の中の天平の八年が内部の冬の時が内部の十一の数の月が内部の十一の数の日が内部の朝の時が内部の或る時に己が立場に立ち奉る男の子が人の臣下の者の従三位の葛城王と従四位上の佐為王等が各各の橘宿禰の姓を得ることを願ひ奉り、それによりて己が立場に立ち奉る男の子が人の臣下の者の従三位の葛城王と従四位上の佐為王等の上りたる秋津洲の大和の国が文語の非定型の散文の体が詩型による表の散文の原形が内部の数多の数の秋津洲の大和の国が文語の詞等が中の万歳と千葉等が各各より己が立場に立つ男の子が人の臣下の者の右大臣の読者の橘の諸兄の我は己が頭の中の脳が内部の心が内部に次の物を得むとこれを己が立場に立つ男の子が人の臣下の者の右大臣の読者の橘の諸兄の彼は己が思考力にて思ひ給ひつとこれを己は知る。

《秋津洲の大和の国が文語の歌の体が詩型による詠歌の集》のこれはこれの固有の名称の何かの物を持つことになる《秋津洲の大和の国が文語の歌の体が詩型による詠歌の集》の固有の名称の原形

　すると己が立場に立つ男の子が人の臣下の者の右大臣の読者の橘の諸兄の彼は己が幻視にて己が頭の中の脳が内部の心が内部の秋津洲の大和の国の己が立場に立ち賜ふ今の上が天皇の秋津洲の大和の国が宇内を御め賜ひし大きなる御時が大きなる御代のこれの世の中の天平の八年が内部の冬の時が内部の十一の数の月が内部の十一の数の日が内部の朝の時が内部の或る時に己が立場に立ち奉る男の子が人の臣下の者の従三位の葛城王と従四位上の佐為王等が各各の橘宿禰の姓を得ることを願ひ奉り、それによりて己が立場に立ち奉る男の子が人の臣下の者の従三位の葛城王と従四位上の佐為王等の上りたる秋津洲の大和の国が文語の非定型の散文の体が詩型による表の散文の原形が内部の数多の数の秋津洲の大和の国が文語の詞等が中の万歳と千葉等が各各を視給ひつつ己が立場に立つ男の子が人の臣下の者の右大臣の読者の橘の諸兄の我は己が頭の中の脳が内部の心が内部の《秋津洲の大和の国が文語の歌の体が詩型による詠歌の集》のこれはこれの固有の名称の何かの物を持つことになる《秋津洲の大和の国が文語の歌の体が詩型による詠歌の集》の固有の名称の原形が内部の《内容》を何の物が内部の《内容》にかせむとこれを己が立場に立つ男の子が人の臣下の者の右大臣の読者の橘の諸兄の彼の己が思考力にて思ひ給ひ、それによりて己が立場に立つ男の子が人の臣下の者の右大臣の読者の橘の諸兄の我は己が頭の中の脳が内部の心が内部の《秋津洲の大和の国が文語の歌の体が詩型による詠歌の集》のこれはこれの固有の名称の何かの物を持つことになる《秋津洲の大和の国が文語の歌の体が詩型による詠歌の集》の固有の名称の原形が内部の《内容》を秋津洲の大和の国の已が立場に立ち賜ふ今の上が天皇の秋津洲の大和の国の宇内を御め賜ふ大きなる御時が大きなる御代のこれの世の中の《秋津洲の大和の国が文語の歌の体が詩型による詠歌の集》のこれはこれのこれの固有の名称の何かの物を持つことになる《秋津洲の大和の国が文語の歌の体が詩型による詠歌の集》のそれは秋津洲の大和の国の已が立場に立ち賜ふ今の上が天皇の秋津洲の大和の国の宇内を御め賜ふ大きなる御時が大きなる御代のこれの世の中より万の数の歳等と秋津洲の大和の国の已が立場に立ち賜ふ今の上が天皇のそれを千の数の秋津洲の大和の国の已が立場に立ち賜ふ今の上が天皇等が各各の秋津洲の大和の国の宇内を御め賜ふ大きなる御時が大きなる御代のこれの葉等が後の時が秋津洲の大和の国の已が立場に立ち賜ふ天皇の秋津洲の大和の国の宇内を御め賜はむ大きなる御時が大きなる御代のこれの世の中まで伝へ賜ふ《秋津洲の大和の国が文語の歌の体が詩型による詠歌の集》のこれはこれの固有の名称の何かの物を持つことになる《秋津洲の大和の国が文語の歌の体が詩型による詠歌の集》が内部の《内容》とすべしとこれを已が立場に立つ男の子が人の臣下の者の右大臣の読者の橘の諸兄の彼は知り給ひ、それによりて已が立場に立つ男の子が人の臣下の者の右大臣の読者の橘の諸兄の彼の已が幻視にて已が頭の中の脳が内部の心が内部の秋津洲の大和の国の已が立場に立ち賜ふ今の上が天皇の秋津洲の大和の国が宇内を御め賜ひし大きなる御時が大きなる御代のこれの世の中の天平の八年が内部の冬の時が内部の十一の数の月が内部の十一の数の日が内部の朝の時が内部の或る時に己が立場に立ち奉る男の子が人の臣下の者の従三位の葛城王と従四位上の佐為王等が各各の橘宿禰の姓を得ることを願ひ奉り、それによりて己が立場に立ち奉る男の子が人の臣下の者の従三位の葛城王と従四位上の佐為王等の上りたる秋津洲の大和の国が文語の非定型の散文の体が詩型による表の散文の原形が内部の数多の数の秋津洲の大和の国が文語の詞等が中の万歳と千葉等が各各を視給ひつつ己が立場に立つ男の子が人の臣下の者の右大臣の読者の橘の諸兄の我は己が頭の中の脳が内部の心が内部の《秋津洲の大和の国が文語の歌の体が詩型による詠歌の集》のこれはこれの固有の名称の何かの物を持つことになる《秋津洲の大和の国が文語の歌の体が詩型による詠歌の集》の固有の名称の原形が内部の《内容》を秋津洲の大和の国の己が立場に立ち賜ふ今の上が天皇の秋津洲の大和の国の宇内を御め賜ふ大きなる御時が大きなる御代のこれの世の中の《秋津洲の大和の国が文語の歌の体が詩型による詠歌の集》のこれはこれのこれの固有の名称の何かの物を持つことになる《秋津洲の大和の国が文語の歌の体が詩型による詠歌の集》のそれは秋津洲の大和の国の己が立場に立ち賜ふ今の上が天皇の秋津洲の大和の国の宇内を御め賜ふ大きなる御時が大きなる御代のこれの世の中より万の数の歳等と秋津洲の大和の国の己が立場に立ち賜ふ今の上が天皇のそれを千の数の秋津洲の大和の国の己が立場に立ち賜ふ今の上が天皇等が各各の秋津洲の大和の国の宇内を御め賜ふ大きなる御時が大きなる御代のこれの葉等が後の時が秋津洲の大和の国の己が立場に立ち賜ふ天皇の秋津洲の大和の国の宇内を御め賜はむ大きなる御時が大きなる御代のこれの世の中まで伝へ賜ふ《秋津洲の大和の国が文語の歌の体が詩型による詠歌の集》のこれはこれの固有の名称の何かの物を持つことになる《秋津洲の大和の国が文語の歌の体が詩型による詠歌の集》が内部の《内容》とすとこれを己が立場に立つ男の子が人の臣下の者の右大臣の読者の橘の諸兄の彼は決定し給ひつれば、それによりて己が立場に立つ男の子が人の臣下の者の右大臣の読者の橘の諸兄の彼の己が幻視にて己が頭の中の脳が内部の心が内部の秋津洲の大和の国の己が立場に立ち賜ふ今の上が天皇の秋津洲の大和の国が宇内を御め賜ひし大きなる御時が大きなる御代のこれの世の中の天平の八年が内部の冬の時が内部の十一の数の月が内部の十一の数の日が内部の朝の時が内部の或る時に己が立場に立ち奉る男の子が人の臣下の者の従三位の葛城王と従四位上の佐為王等が各各の橘宿禰の姓を得ることを願ひ奉り、それによりて己が立場に立ち奉る男の子が人の臣下の者の従三位の葛城王と従四位上の佐為王等の上りたる秋津洲の大和の国が文語の非定型の散文の体が詩型による表の散文の原形が内部の数多の数の秋津洲の大和の国が文語の詞等が中の万歳と千葉等が各各を視給ひつつ己が立場に立つ男の子が人の臣下の者の右大臣の読者の橘の諸兄の我は己が頭の中の脳が内部の心が内部の《秋津洲の大和の国が文語の歌の体が詩型による詠歌の集》のこれはこれの固有の名称の何かの物を持つことになる《秋津洲の大和の国が文語の歌の体が詩型による詠歌の集》の固有の名称の原形を秋津洲の大和の国の己が立場に立ち賜ふ今の上が天皇の秋津洲の大和の国の宇内を御め賜ふ大きなる御時が大きなる御代のこれの世の中の《秋津洲の大和の国が文語の歌の体が詩型による詠歌の集》のこれはこれのこれの固有の名称の何かの物を持つことになる《秋津洲の大和の国が文語の歌の体が詩型による詠歌の集》のそれは秋津洲の大和の国の己が立場に立ち賜ふ今の上が天皇の秋津洲の大和の国の宇内を御め賜ふ大きなる御時が大きなる御代のこれの世の中より万の数の歳等と秋津洲の大和の国の己が立場に立ち賜ふ今の上が天皇のそれを千の数の秋津洲の大和の国の己が立場に立ち賜ふ今の上が天皇等が各各の秋津洲の大和の国の宇内を御め賜ふ大きなる御時が大きなる御代のこれの葉等が後の時が秋津洲の大和の国の己が立場に立ち賜ふ天皇の秋津洲の大和の国の宇内を御め賜はむ大きなる御時が大きなる御代のこれの世の中まで伝へ賜ふ《秋津洲の大和の国が文語の歌の体が詩型による詠歌の集》のこれはこれの固有の名称の何かの物を持つことになる《秋津洲の大和の国が文語の歌の体が詩型による詠歌の集》とすとこれを己が立場に立つ男の子が人の臣下の者の右大臣の読者の橘の諸兄の彼は決定し給ひ、それによりて己が立場に立つ男の子が人の臣下の者の右大臣の読者の橘の諸兄の我は己が幻視にて己が頭の中の脳が内部の心が内部の秋津洲の大和の国の己が立場に立ち賜ふ今の上が天皇の秋津洲の大和の国が宇内を御め賜ひし大きなる御時が大きなる御代のこれの世の中の天平の八年が内部の冬の時が内部の十一の数の月が内部の十一の数の日が内部の朝の時が内部の或る時に己が立場に立ち奉る男の子が人の臣下の者の従三位の葛城王と従四位上の佐為王等が各各の橘宿禰の姓を得ることを願ひ奉り、それによりて己が立場に立ち奉る男の子が人の臣下の者の従三位の葛城王と従四位上の佐為王等の上りたる秋津洲の大和の国が文語の非定型の散文の体が詩型による表の散文の原形が内部の数多の数の秋津洲の大和の国が文語の詞等が中の万歳と千葉等が各各を視つつ己が立場に立つ男の子が人の臣下の者の右大臣の読者の橘の諸兄の我は己が頭の中の脳が内部の心が内部の《秋津洲の大和の国が文語の歌の体が詩型による詠歌の集》のこれはこれの固有の名称の何かの物を持つことになる《秋津洲の大和の国が文語の歌の体が詩型による詠歌の集》の固有の名称の原形が内部の《内容》を何の物が内部の《内容》にかせむとこれを己が立場に立つ男の子が人の臣下の者の右大臣の読者の橘の諸兄の我は己が思考力にて思ひつところを己が立場に立つ男の子が人の臣下の者の右大臣の読者の橘の諸兄の彼は知り給ひつれば、それによりて己が立場に立つ男の子が人の臣下の者の右大臣の読者の橘の諸兄の彼の己が幻視にて己が頭の中の脳が内部の心が内部を視給ひつれば、それによりて己が立場に立つ男の子が人の臣下の者の右大臣の読者の橘の諸兄の彼が幻視に己が頭の中の脳が内部の心が内部の次の物の視え給ひつれば、

《秋津洲の大和の国が文語の歌の体が詩型による詠歌の集》のこれはこれの固有の名称の何かの物を持つことになる《秋津洲の大和の国が文語の歌の体が詩型による詠歌の集》の固有の名称の原形の秋津洲の大和の国の己が立場に立ち賜ふ今の上が天皇の秋津洲の大和の国の宇内を御め賜ふ大きなる御時が大きなる御代のこれの世の中の《秋津洲の大和の国が文語の歌の体が詩型による詠歌の集》のこれはこれの

これの固有の名称の何かの物を持つことになる《秋津洲の大和の国が文語の歌の体が詩型による詠歌の集》のそれは秋津洲の大和の国の己が立場に立ち賜ふ今の上が天皇の秋津洲の大和の国の宇内を御め賜ふ大きなる御時が大きなる御代のこれの世の中より万の数の歳等と秋津洲の大和の国の己が立場に立ち賜ふ今の上が天皇のそれを千の数の秋津洲の大和の国の己が立場に立ち賜ふ今の上が天皇等が各各の秋津洲の大和の国の宇内を御め賜ふ大きなる御時が大きなる御代のこれの葉等が後の時が秋津洲の大和の国の己が立場に立ち賜ふ天皇の秋津洲の大和の国の宇内を御め賜はむ大きなる御時が大きなる御代のこれの世の中まで伝へ賜ふ《秋津洲の大和の国が文語の歌の体が詩型による詠歌の集》のこれはこれの固有の名称の何かの物を持つことになる《秋津洲の大和の国が文語の歌の体が詩型による詠歌の集》

それによりて己が頭の中の脳が内部の心が内部には右の物の在りとこれを己が立場に立つ男の子が人の臣下の者の右大臣の読者の橘の諸兄の彼は知り給ひ、それによりて己が頭の中の脳が内部の心が内部の秋津洲の大和の国の己が立場に立ち賜ふ今の上が天皇の秋津洲の大和の国が宇内を御め賜ひし大きなる御時が大きなる御代のこれの世の中の天平の八年が内部の冬の時が内部の十一の数の月が内部の十一の数の日が内部の朝の時が内部の或る時に己が立場に立ち奉る男の子が人の臣下の者の従三位の葛城王と従四位上の佐為王等が各各の橘宿禰の姓を得ることを願ひ奉り、それによりて己が立場に立ち奉る男の子が人の臣下の者の従三位の葛城王と従四位上の佐為王等の上りたる秋津洲の大和の国が文語の非定型の散文の体が詩型による表の散文の原形が内部の数多の数の秋津洲の大和の国が文語の詞等が中の万歳と千葉等が各各より己が立場に立つ男の子が人の臣下の者の右大臣の読者の橘の諸兄の我は己が頭の中の脳が内部の心が内部に右の物を得つとこれを己が立場に立つ男の子が人の臣下の者の右大臣の読者の橘の諸兄の彼は知り給ひつとこれを己は知る。

すると己が立場に立つ男の子が人の臣下の者の右大臣の読者の橘の諸兄の彼の己が頭の中の脳が内部の心が内部の次の物を覚え給ひつとこれを己は知る。

《秋津洲の大和の国が文語の歌の体が詩型による詠歌の集》のこれはこれの固有の名称の何かの物を持つことになる《秋津洲の大和の国が文語の歌の体が詩型による詠歌の集》の固有の名称の原形の秋津洲の大和の国の己が立場に立ち賜ふ今の上が天皇の秋津洲の大和の国の宇内を御め賜ふ大きなる御時が大きなる御代のこれの世の中の《秋津洲の大和の国が文語の歌の体が詩型による詠歌の集》のこれはこれのこれの固有の名称の何かの物を持つことになる《秋津洲の大和の国が文語の歌の体が詩型による詠歌の集》のそれは秋津洲の大和の国の己が立場に立ち賜ふ今の上が天皇の秋津洲の大和の国の宇内を御め賜ふ大きなる御時が大きなる御代のこれの世の中より万の数の歳等と秋津洲の大和の国の己が立場に立ち賜ふ今の上が天皇のそれを千の数の秋津洲の大和の国の己が立場に立ち賜ふ今の上が天皇等が各各の秋津

洲の大和の国の宇内を御め賜ふ大きなる御時が大きなる御代のこれの葉等が後の時が秋津洲の大和の国の己が立場に立ち賜ふ天皇の秋津洲の大和の国の宇内を御め賜はむ大きなる御時が大きなる御代のこれの世の中まで伝へ賜ふ《秋津洲の大和の国が文語の歌の体が詩型による詠歌の集》のこれはこれの固有の名称の何かの物を持つことになる《秋津洲の大和の国が文語の歌の体が詩型による詠歌の集》が内部の《内容》

すると己が立場に立つ男の子が人の臣下の者の右大臣の読者の橘の諸兄の彼の己が幻視にて己が頭の中の脳が内部の覚えが中を視給ひつれば、それによりて己が立場に立つ男の子が人の臣下の者の右大臣の読者の橘の諸兄の彼が幻視に己が頭の中の脳が内部の覚えが中の次の物の視え給へば、それによりて己が頭の中の脳が内部の覚えが中には次の物の在りとこれを己が立場に立つ男の子が人の臣下の者の右大臣の読者の橘の諸兄の彼は知り給ひつとこれを己は知る。

《秋津洲の大和の国が文語の歌の体が詩型による詠歌の集》のこれはこれの固有の名称の何かの物を持つことになる《秋津洲の大和の国が文語の歌の体が詩型による詠歌の集》の固有の名称の原形の秋津洲の大和の国の己が立場に立ち賜ふ今の上が天皇の秋津洲の大和の国の宇内を御め賜ふ大きなる御時が大きなる御代のこれの世の中の《秋津洲の大和の国が文語の歌の体が詩型による詠歌の集》のこれはこれの

これの固有の名称の何かの物を持つことになる《秋津洲の大和の国が文語の歌の体が詩型による詠歌の集》のそれは秋津洲の大和の国の己が立場に立ち賜ふ今の上が天皇の秋津洲の大和の国の宇内を御め賜ふ大きなる御時が大きなる御代のこれの世の中より万の数の歳等と秋津洲の大和の国の己が立場に立ち賜ふ今の上が天皇のそれを千の数の秋津洲の大和の国の己が立場に立ち賜ふ今の上が天皇等が各各の秋津洲の大和の国の宇内を御め賜ふ大きなる御時が大きなる御代のこれの葉等が後の時が秋津洲の大和の国の己が立場に立ち賜ふ天皇の秋津洲の大和の国の宇内を御め賜はむ大きなる御時が大きなる御代のこれの世の中まで伝へ賜ふ《秋津洲の大和の国が文語の歌の体が詩型による詠歌の集》のこれはこれの固有の名称の何かの物を持つことになる《秋津洲の大和の国が文語の歌の体が詩型による詠歌の集》

すると己が頭の中の脳が内部の心が内部の《秋津洲の大和の国が文語の歌の体が詩型による詠歌の集》のこれはこれの固有の名称の何かの物を持つことになる《秋津洲の大和の国が文語の歌の体が詩型による詠歌の集》の固有の名称の原形の秋津洲の大和の国の己が立場に立ち賜ふ今の上が天皇の秋津洲の大和の国の宇内を御め賜ふ大きなる御時が大きなる御代のこれの世の中の《秋津洲の大和の国が文語の歌の体が詩型による詠歌の集》のこれはこれのこれの固有の名称の何かの物を持つことになる《秋津洲の大和の国が文語の歌の体が詩型による詠歌の集》のそれは秋津洲の大和の国の己が立場に立ち賜ふ今の上が天皇の秋津洲の大和の国の宇内を御め

賜ふ大きなる御代のこれの世の中より万の数の歳等と秋津洲の大和の国の己が立場に立ち賜ふ今の上が天皇のそれを千の数の秋津洲の大和の国の己が立場に立ち賜ふ今の上が天皇等が各各の秋津洲の大和の国の宇内を御め賜ふ大きなる御時が大きなる御代のこれの葉等が後の時が秋津洲の大和の国の己が立場に立ち賜ふ天皇の秋津洲の大和の国の宇内を御め賜はむ大きなる御時が大きなる御代のこれの世の中まで伝へ賜ふ《秋津洲の大和の国が文語の歌の体が詩型による詠歌の集》のこれはこれの固有の名称の何かの物を持つことになる《秋津洲の大和の国が文語の歌の体が詩型による詠歌の集》より己が立場に立つ男の子が人の臣下の者の右大臣の読者の橘の諸兄の我は己が頭の中の脳が内部の心が内部に次の物を得むとこれを己が立場に立つ男の子が人の臣下の者の右大臣の読者の橘の諸兄の我は己が思考力にて思ひ給ひつとこれを己は知る。

《秋津洲の大和の国が文語の歌の体が詩型による詠歌の集》のこれはこれの固有の名称の何かの物を持つことになる《秋津洲の大和の国が文語の歌の体が詩型による詠歌の集》の固有の名称の何かの物

　すると己が頭の中の脳が内部の覚えが中の物を己が立場に立つ男の子が人の臣下の者の右大臣の読者の橘の諸兄の我は己が頭の中の脳が内部の心が内部に思ひ起こさむとこれを己が立場に立つ男の子が人の臣下の者の右大臣の読者の橘の諸兄の彼

の己が思考力にて思ひ給ひ、それによりて己が頭の中の脳が内部の覚えが中の物を己が立場に立つ男の子が人の臣下の者の右大臣の読者の橘の諸兄の彼の己が頭の中の脳が内部の心が内部に思ひ起こし給ひ、それによりて己が立場に立つ男の子が人の臣下の者の右大臣の読者の橘の諸兄の彼の己が幻視にて己が頭の中の脳が内部の心が内部を視給ひつれば、それによりて己が立場に立つ男の子が人の臣下の者の右大臣の読者の橘の諸兄の彼が幻視に己が頭の中の脳が内部の心が内部の次の物の視え給ひつれば、それによりて己が頭の中の脳が内部の心が内部には次の物の在りとこれを己が立場に立つ男の子が人の臣下の者の右大臣の読者の橘の諸兄の彼は知り給ひ、それによりて己が頭の中の脳が内部の覚えが中の物を己が立場に立つ男の子が人の臣下の者の右大臣の読者の橘の諸兄の我は己が頭の中の脳が内部の心が内部に思ひ起こしつとこれを己が立場に立つ男の子が人の臣下の者の右大臣の読者の橘の諸兄の彼は知り給ひつとこれを己は知る。

《秋津洲の大和の国が文語の歌の体が詩型による詠歌の集》のこれはこれの固有の名称の何かの物を持つことになる《秋津洲の大和の国が文語の歌の体が詩型による詠歌の集》の固有の名称の原形の秋津洲の大和の国の己が立場に立ち賜ふ今の上が天皇の秋津洲の大和の国の宇内を御め賜ふ大きなる御時が大きなる御代のこれの世の中の《秋津洲の大和の国が文語の歌の体が詩型による詠歌の集》のこれはこれのこれの固有の名称の何かの物を持つことになる《秋津洲の大和の国が文語の歌の体

が詩型による詠歌の集》のそれは秋津洲の大和の国の己が立場に立ち賜ふ今の上が天皇の秋津洲の大和の国の宇内を御め賜ふ大きなる御時が大きなる御代のこれの世の中より万の数の歳等と秋津洲の大和の国の己が立場に立ち賜ふ今の上が天皇のそれを千の数の秋津洲の大和の国の己が立場に立ち賜ふ今の上が天皇等が各各の秋津洲の大和の国の宇内を御め賜ふ大きなる御時が大きなる御代のこれの葉等が後の時が秋津洲の大和の国の己が立場に立ち賜ふ天皇の秋津洲の大和の国の宇内を御め賜はむ大きなる御時が大きなる御代のこれの世の中まで伝へ賜ふ《秋津洲の大和の国が文語の歌の体が詩型による詠歌の集》のこれはこれの固有の名称の何かの物を持つことになる《秋津洲の大和の国が文語の歌の体が詩型による詠歌の集》

　すると己が立場に立つ男の子が人の臣下の者の右大臣の読者の橘の諸兄の我は己が幻視にて己が頭の中の脳が内部の心が内部の《秋津洲の大和の国が文語の歌の体が詩型による詠歌の集》のこれはこれの固有の名称の何かの物を持つことになる《秋津洲の大和の国が文語の歌の体が詩型による詠歌の集》の固有の名称の原形の秋津洲の大和の国の己が立場に立ち賜ふ今の上が天皇の秋津洲の大和の国の宇内を御め賜ふ大きなる御時が大きなる御代のこれの世の中の《秋津洲の大和の国が文語の歌の体が詩型による詠歌の集》のこれはこれのこれの固有の名称の何かの物を持つことになる《秋津洲の大和の国が文語の歌の体が詩型による詠歌の集》のそれは秋津洲の大和の国の己が立場に立ち賜ふ今の上が天皇の秋津洲の大和の国の宇内を御め

賜ふ大きなる御時が大きなる御代のこれの世の中より万の数の歳等と秋津洲の大和の国の己が立場に立ち賜ふ今の上が天皇のそれを千の数の秋津洲の大和の国の己が立場に立ち賜ふ今の上が天皇等が各各の秋津洲の大和の国の宇内を御め賜ふ大きなる御時が大きなる御代のこれの葉等が後の時が秋津洲の大和の国の己が立場に立ち賜ふ天皇の秋津洲の大和の国の宇内を御め賜はむ大きなる御時が大きなる御代のこれの世の中まで伝へ賜ふ《秋津洲の大和の国が文語の歌の体が詩型による詠歌の集》のこれはこれの固有の名称の何かの物を持つことになる《秋津洲の大和の国が文語の歌の体が詩型による詠歌の集》を視つつ己が立場に立つ男の子が人の臣下の者の右大臣の読者の橘の諸兄の我は己が頭の中の脳が内部の心が内部の《秋津洲の大和の国が文語の歌の体が詩型による詠歌の集》のこれはこれの固有の名称の何かの物を持つことになる《秋津洲の大和の国が文語の歌の体が詩型による詠歌の集》の固有の名称が内部の《内容》を何の物が内部の《内容》にかせむとこれを己が立場に立つ男の子が人の臣下の者の右大臣の読者の橘の諸兄の彼の己が思考力にて思はむとこれを己が立場に立つ男の子が人の臣下の者の右大臣の読者の橘の諸兄の彼の己が思考力にて思ひ給ひつれば、それによりて己が立場に立つ男の子が人の臣下の者の右大臣の読者の橘の諸兄の彼の己が幻視にて己が頭の中の脳が内部の心が内部の《秋津洲の大和の国が文語の歌の体が詩型による詠歌の集》のこれはこれの固有の名称の何かの物を持つことになる《秋津洲の大和の国が文語の歌の体が詩型による詠歌の集》の固有の名称の原形の秋津洲の大和の国の己が立場に立ち賜ふ今の上が天皇の秋津洲の大和の国の宇内を御め賜ふ大きなる御時が大きなる御代のこれの世の中の《秋津洲の大和の国が文語の歌の体が詩型による詠歌の集》のこれはこれのこれの固有の名称の何かの物を持つことになる《秋津洲の大和の国が文語の歌の体が詩型による詠歌の集》のそれは秋津洲の大和の国の已が立場に立ち賜ふ今の上が天皇の秋津洲の大和の国の宇内を御め賜ふ大きなる御時が大きなる御代のこれの世の中より万の数の歳等と秋津洲の大和の国の已が立場に立ち賜ふ今の上が天皇のそれを千の数の秋津洲の大和の国の已が立場に立ち賜ふ今の上が天皇等が各各の秋津洲の大和の国の宇内を御め賜ふ大きなる御時が大きなる御代のこれの葉等が後の時が秋津洲の大和の国の已が立場に立ち賜ふ天皇の秋津洲の大和の国の宇内を御め賜はむ大きなる御時が大きなる御代のこれの世の中まで伝へ賜ふ《秋津洲の大和の国が文語の歌の体が詩型による詠歌の集》のこれはこれの固有の名称の何かの物を持つことになる《秋津洲の大和の国が文語の歌の体が詩型による詠歌の集》を視給ひつつ已が立場に立つ男の子が人の臣下の者の右大臣の読者の橘の諸兄の我は已が頭の中の脳が内部の心が内部の《秋津洲の大和の国が文語の歌の体が詩型による詠歌の集》のこれはこれの固有の名称の何かの物を持つことになる《秋津洲の大和の国が文語の歌の体が詩型による詠歌の集》の固有の名称が内部の《内容》を何の物が内部の《内容》にかせむとこれを已が立場に立つ男の子が人の臣下の者の右大臣の読者の橘の諸兄の彼の已が思考力にて思ひ給ひ、それによりて已が立場に立つ男の子が人の臣下の者の右大臣の読者の橘の諸兄の我は已が頭の中の脳が内部の心が内部の《秋津洲の大和の国が文語の歌の体が詩型による詠歌の集》のこれはこれの固有の名称の何かの物を持つことになる《秋津洲の大和の国が文語の歌の体が詩型による詠歌の集》の固有の名称が内部の《内容》を《万葉集》が内部の《内容》とすべしとこれを己が立場に立つ男の子が人の臣下の者の右大臣の読者の橘の諸兄の彼は知り給ひ、それによりて己が立場に立つ男の子が人の臣下の者の右大臣の読者の橘の諸兄の彼の己が幻視にて己が頭の中の脳が内部の心が内部の己が立場に立ち奉る男の子が人の臣下の者の葛城王橘宿禰の姓を願ひて上りたる表の原形が内部の数多の数の秋津洲の大和の国が文語の詞等が中の万歳と千葉等が各各を視給ひつつ己が立場に立つ男の子が人の臣下の者の右大臣の読者の橘の諸兄の我は己が頭の中の脳が内部の心が内部の《秋津洲の大和の国が文語の歌の体が詩型による詠歌の集》のこれはこれの固有の名称の何かの物を持つことになる《秋津洲の大和の国が文語の歌の体が詩型による詠歌の集》の固有の名称が内部の《内容》を《万葉集》が内部の《内容》とすとこれを己が立場に立つ男の子が人の臣下の者の右大臣の読者の橘の諸兄の彼は決定し給ひつれば、それによりて己が立場に立つ男の子が人の臣下の者の右大臣の読者の橘の諸兄の彼の己が幻視にて己が頭の中の脳が内部の心が内部の己が立場に立ち奉る男の子が人の臣下の者の葛城王橘宿禰の姓を願ひて上りたる表の原形が内部の数多の数の秋津洲の大和の国が文語の詞等が中の万歳と千葉等が各各を視給ひつつ己が立場に立つ男の子が人の臣下の者の右大臣の読者の橘の諸兄の我は己が頭の中の脳が内部の心が内部の《秋津洲の大和の国が文語の歌の体が詩型による詠歌の集》のこれはこれの固有の名称の何かの物を持つことになる《秋津洲の大和の国が文語の歌の体が詩型による詠歌の集》の固有の名称を《万葉集》とすとこれを己が立場に立つ男の子が人の臣下の者の右大臣の読者の橘の諸兄の彼は決定し給ひ、それによりて己が立場に立つ男の子が人の臣下の者の右大臣の読者の橘の諸兄の我は己が幻視にて己が頭の中の脳が内部の心が内部の《秋津洲の大和の国が文語の歌の体が詩型による詠歌の集》のこれはこれの固有の名称の何かの物を持つことになる《秋津洲の大和の国が文語の歌の体が詩型による詠歌の集》の固有の名称の原形の秋津洲の大和の国の己が立場に立ち賜ふ今の上が天皇の秋津洲の大和の国の宇内を御め賜ふ大きなる御時が大きなる御代のこれの世の中の《秋津洲の大和の国が文語の歌の体が詩型による詠歌の集》のこれはこれのこれの固有の名称の何かの物を持つことになる《秋津洲の大和の国が文語の歌の体が詩型による詠歌の集》のそれは秋津洲の大和の国の己が立場に立ち賜ふ今の上が天皇の秋津洲の大和の国の宇内を御め賜ふ大きなる御時が大きなる御代のこれの世の中より万の数の歳等と秋津洲の大和の国の己が立場に立ち賜ふ今の上が天皇のそれを千の数の秋津洲の大和の国の己が立場に立ち賜ふ今の上が天皇等が各各の秋津洲の大和の国の宇内を御め賜ふ大きなる御時が大きなる御代のこれの葉等が後の時が秋津洲の大和の国の己が立場に立ち賜ふ天皇の秋津洲の大和の国の宇内を御め賜はむ大きなる御時が大きなる御代のこれの世の中まで伝へ賜ふ《秋津洲の大和の国が文語の歌の体が詩型による詠歌の集》のこれはこれの固有の名称の何かの物を持つことになる《秋津洲の大和の国が文語の歌の体が詩型による詠歌の集》を視つつ己が立場に立つ男の子が人の臣下の者の右大臣の読者の橘の諸兄の我は己が頭の中の脳が内部の心が内部の《秋津洲の大和の国が文語の歌の体が詩型による詠歌の集》のこれはこれの固有の名称の何かの物を持つことになる《秋津洲の大和の国が文語の歌の体が詩型による詠歌の集》の固有の名称が内部の《内容》を何の物が内部の《内容》にかせむとこれを己が立場に立つ男の子が人の臣下の者の右大臣の読者の橘の諸兄の彼の己が思考力にて思ひつとこれを己が立場に立つ男の子が人の臣下の者の右大臣の読者の橘の諸兄の彼は知り給ひつれば、それによりて己が立場に立つ男の子が人の臣下の者の右大臣の読者の橘の諸兄の彼の己が幻視にて己が頭の中の脳が内部の心が内部を視給ひつれば、それによりて己が立場に立つ男の子が人の臣下の者の右大臣の読者の橘の諸兄の彼が幻視に己が頭の中の脳が内部の心が内部の次の物の視え給ひつれば、

《秋津洲の大和の国が文語の歌の体が詩型による詠歌の集》のこれはこれの固有の名称の何かの物を持つことになる《秋津洲の大和の国が文語の歌の体が詩型による詠歌の集》の固有の名称の《万葉集》

それによりて己が頭の中の脳が内部の心が内部には右の物の在りとこれを己が立場に立つ男の子が人の臣下の者の右大臣の読者の橘の諸兄の彼は知り給ひつとこれ

を己は知る。それによりて己が頭の中の脳が内部の心が内部の《秋津洲の大和の国が文語の歌の体が詩型による詠歌の集》のこれはこれの固有の名称の何かの物を持つことになる《秋津洲の大和の国が文語の歌の体が詩型による詠歌の集》の固有の名称の原形の秋津洲の大和の国の己が立場に立ち賜ふ今の上が天皇の秋津洲の大和の国の宇内を御め賜ふ大きなる御時が大きなる御代のこれの世の中の《秋津洲の大和の国が文語の歌の体が詩型による詠歌の集》のこれはこれのこれの固有の名称の何かの物を持つことになる《秋津洲の大和の国が文語の歌の体が詩型による詠歌の集》のそれは秋津洲の大和の国の己が立場に立ち賜ふ今の上が天皇の秋津洲の大和の国の宇内を御め賜ふ大きなる御時が大きなる御代のこれの世の中より万の数の歳等と秋津洲の大和の国の己が立場に立ち賜ふ今の上が天皇のそれを千の数の秋津洲の大和の国の己が立場に立ち賜ふ今の上が天皇等が各各の秋津洲の大和の国の宇内を御め賜ふ大きなる御時が大きなる御代のこれの葉等が後の時が秋津洲の大和の国の己が立場に立ち賜ふ天皇の秋津洲の大和の国の宇内を御め賜はむ大きなる御時が大きなる御代のこれの世の中まで伝へ賜ふ《秋津洲の大和の国が文語の歌の体が詩型による詠歌の集》のこれはこれの固有の名称の何かの物を持つことになる《秋津洲の大和の国が文語の歌の体が詩型による詠歌の集》より己が立場に立つ男の子が人の臣下の者の右大臣の読者の橘の諸兄の我は己が頭の中の脳が内部の心が内部に次の物を得つとこれを己が立場に立つ男の子が人の臣下の者の右大臣の読者の橘の諸兄の彼は知り給ひつとこれを己は知る。

《秋津洲の大和の国が文語の歌の体が詩型による詠歌の集》のこれはこれの固有の名称の何かの物を持つことになる《秋津洲の大和の国が文語の歌の体が詩型による詠歌の集》の固有の名称の《万葉集》

　すると己が立場に立つ男の子が人の臣下の者の右大臣の読者の橘の諸兄の彼の己が頭の中の脳が内部の心が内部の次の物を覚え給ひつとこれを己は知る。

《秋津洲の大和の国が文語の歌の体が詩型による詠歌の集》のこれはこれの固有の名称の何かの物を持つことになる《秋津洲の大和の国が文語の歌の体が詩型による詠歌の集》の固有の名称の《万葉集》が内部の《内容》

　すると己が立場に立つ男の子が人の臣下の者の右大臣の読者の橘の諸兄の彼の己が幻視にて己が頭の中の脳が内部の覚えが中を視給ひつれば、それによりて己が立場に立つ男の子が人の臣下の者の右大臣の読者の橘の諸兄の彼が幻視に己が頭の中の脳が内部の覚えが中の次の二の数の物等の視え給ひつれば、

《秋津洲の大和の国が文語の歌の体が詩型による詠歌の集》のこれはこれの固有の名称の何かの物を持つことになる《秋津洲の大和の国が文語の歌の体が詩型による

詠歌の集》の固有の名称の原形の秋津洲の大和の国の己が立場に立ち賜ふ今の上が天皇の秋津洲の大和の国の宇内を御め賜ふ大きなる御時が大きなる御代のこれの世の中の《秋津洲の大和の国が文語の歌の体が詩型による詠歌の集》のこれはこれのこれの固有の名称の何かの物を持つことになる《秋津洲の大和の国が文語の歌の体が詩型による詠歌の集》のそれは秋津洲の大和の国の己が立場に立ち賜ふ今の上が天皇の秋津洲の大和の国の宇内を御め賜ふ大きなる御時が大きなる御代のこれの世の中より万の数の歳等と秋津洲の大和の国の己が立場に立ち賜ふ今の上が天皇のそれを千の数の秋津洲の大和の国の己が立場に立ち賜ふ今の上が天皇等が各各の秋津洲の大和の国の宇内を御め賜ふ大きなる御時が大きなる御代のこれの葉等が後の時が秋津洲の大和の国の己が立場に立ち賜ふ天皇の秋津洲の大和の国の宇内を御め賜はむ大きなる御時が大きなる御代のこれの世の中まで伝へ賜ふ《秋津洲の大和の国が文語の歌の体が詩型による詠歌の集》のこれはこれの固有の名称の何かの物を持つことになる《秋津洲の大和の国が文語の歌の体が詩型による詠歌の集》

《秋津洲の大和の国が文語の歌の体が詩型による詠歌の集》のこれはこれの固有の名称の何かの物を持つことになる《秋津洲の大和の国が文語の歌の体が詩型による詠歌の集》の固有の名称の《万葉集》

それによりて己が頭の中の脳が内部の覚えが中には右の二の数の物等の在りとこ

れを己が立場に立つ男の子が人の臣下の者の右大臣の読者の橘の諸兄の彼は知り給ひつとこれを己は知る。

　すると己の己が幻視にて秋津洲の大和の国の己が立場に立ち賜ふ聖武の天皇の秋津洲の大和の国が宇内を御め賜ひける大きなる御時が大きなる御代のこれの世の中の天平の十三の数の年が内部の冬の時が内部の十一の数の月が内部の或る数の日の又の日が内部の辰の時の秋津洲の大和の国が内部の山背の国が内部の恭仁京の都が内部の大きなる内裏が内部の路の辺の土が上に己の建つ大極殿が内部の床が上の円座が上に己の己が指貫が中の己が二の数の脚等と己が尻にて居給ひつる秋津洲の大和の国の己が立場に立ち賜ふ今の上が天皇が御前の床が上の円座が上に己の己が指貫が中の己が二の数の脚等と己が尻にて居奉る己が立場に立ち奉る男の子が人の臣下の者の右大臣の橘の諸兄の彼を視奉りつつ秋津洲の大和の国の己が立場に立ち賜ふ聖武の天皇の秋津洲の大和の国が宇内を御め賜ひける大きなる御時が大きなる御代のこれの世の中の天平の十三の数の年が内部の冬の時が内部の十一の数の月が内部の或る数の日の又の日が内部の辰の時に己が立場に立つ男の子が人の臣下の者の右大臣の橘の諸兄の彼のし給ひつることにつきてのことを己の己が思考力にて思へば、それによりて秋津洲の大和の国の己が立場に立ち賜ふ聖武の天皇の御前の己が立場に立ち奉る男の子が人の臣下の者の右大臣の橘の諸兄の彼の己が幻視にて己が頭の中の脳が内部の覚えが中を視給ひつれば、それによりて己が立場に立つ男の子が人の臣下の者の右大臣の読者の橘の諸兄の彼が幻視に己が頭の中の脳が内部の覚

えが中の次の二の数の物等の視え給ひつれば、
《秋津洲の大和の国が文語の歌の体が詩型による詠歌の集》のこれはこれの固有の名称の何かの物を持つことになる《秋津洲の大和の国が文語の歌の体が詩型による詠歌の集》の固有の名称の原形の秋津洲の大和の国の己が立場に立ち賜ふ今の上が天皇の秋津洲の大和の国の宇内を御め賜ふ大きなる御時が大きなる御代のこれの世の中の《秋津洲の大和の国が文語の歌の体が詩型による詠歌の集》のこれはこれのこれの固有の名称の何かの物を持つことになる《秋津洲の大和の国が文語の歌の体が詩型による詠歌の集》のそれは秋津洲の大和の国の己が立場に立ち賜ふ今の上が天皇の秋津洲の大和の国の宇内を御め賜ふ大きなる御時が大きなる御代のこれの世の中より万の数の歳等と秋津洲の大和の国の己が立場に立ち賜ふ今の上が天皇のそれを千の数の秋津洲の大和の国の己が立場に立ち賜ふ今の上が天皇等が各各の秋津洲の大和の国の宇内を御め賜ふ大きなる御時が大きなる御代のこれの葉等が後の時が秋津洲の大和の国の己が立場に立ち賜ふ天皇の秋津洲の大和の国の宇内を御め賜はむ大きなる御時が大きなる御代のこれの世の中まで伝へ賜ふ《秋津洲の大和の国が文語の歌の体が詩型による詠歌の集》のこれはこれの固有の名称の何かの物を持つことになる《秋津洲の大和の国が文語の歌の体が詩型による詠歌の集》
《秋津洲の大和の国が文語の歌の体が詩型による詠歌の集》のこれはこれの固有の

名称の何かの物を持つことになる《秋津洲の大和の国が文語の歌の体が詩型による詠歌の集》の固有の名称の《万葉集》

それによりて己が頭の中の脳が内部の覚えが中には右の二の数の物等の在りとこれを己が立場に立つ男の子が人の臣下の者の右大臣の読者の橘の諸兄の彼は知り給ひつとこれを己は知る。すると己が頭の中の脳が内部の覚えが中の二つの物等が各各を己が立場に立つ男の子が人の臣下の者の右大臣の読者の橘の諸兄の我は己が頭の中の脳が内部の心が内部に思ひ起こさむとこれを己が立場に立つ男の子が人の臣下の者の右大臣の読者の橘の諸兄の彼は己が思考力にて思ひ給ひ、それによりて己が頭の中の脳が内部の覚えが中の二つの物等が各各を己が立場に立つ男の子が人の臣下の者の右大臣の読者の橘の諸兄の彼は己が頭の中の脳が内部の心が内部に思ひ起こし給ひ、それによりて己が立場に立つ男の子が人の臣下の者の右大臣の読者の橘の諸兄の彼の己が幻視にて己が頭の中の脳が内部の心が内部を視給ひつれば、それによりて己が立場に立つ男の子が人の臣下の者の右大臣の読者の橘の諸兄の彼が幻視に己が頭の中の脳が内部の心が内部の次の二の数の物等の視え給ひつれば、《秋津洲の大和の国が文語の歌の体が詩型による詠歌の集》のこれはこれの固有の名称の何かの物を持つことになる《秋津洲の大和の国が文語の歌の体が詩型による詠歌の集》の固有の名称の原形の秋津洲の大和の国の己が立場に立ち賜ふ今の上が天皇の秋津洲の大和の国の宇内を御め賜ふ大きなる御時が大きなる御代のこれの世の中の《秋津洲の大和の国が文語の歌の体が詩型による詠歌の集》のこれはこれのこれの固有の名称の何かの物を持つことになる《秋津洲の大和の国が文語の歌の体が詩型による詠歌の集》のそれは秋津洲の大和の国の己が立場に立ち賜ふ今の上が天皇の秋津洲の大和の国の宇内を御め賜ふ大きなる御時が大きなる御代のこれの世の中より万の数の歳等と秋津洲の大和の国の己が立場に立ち賜ふ今の上が天皇のそれを千の数の秋津洲の大和の国の己が立場に立ち賜ふ今の上が天皇等が各各の秋津洲の大和の国の宇内を御め賜ふ大きなる御時が大きなる御代のこれの葉等が後の時が秋津洲の大和の国の己が立場に立ち賜ふ天皇の秋津洲の大和の国の宇内を御め賜はむ大きなる御時が大きなる御代のこれの世の中まで伝へ賜ふ《秋津洲の大和の国が文語の歌の体が詩型による詠歌の集》のこれはこれの固有の名称の何かの物を持つことになる《秋津洲の大和の国が文語の歌の体が詩型による詠歌の集》

《秋津洲の大和の国が文語の歌の体が詩型による詠歌の集》のこれはこれの固有の名称の何かの物を持つことになる《秋津洲の大和の国が文語の歌の体が詩型による詠歌の集》の固有の名称の《万葉集》

それによりて己が頭の中の脳が内部の心が内部には右の二の数の物等の在りとこれを己が立場に立つ男の子が人の臣下の者の右大臣の読者の橘の諸兄の彼は知り給ひ、それによりて己が頭の中の脳が内部の覚えが中の二つの物等が各各を己が立場に立つ男の子が人の臣下の者の右大臣の読者の橘の諸兄の我は己が頭の中の脳が内部の心が内部に思ひ起こしつとこれを己が立場に立つ男の子が人の臣下の者の右大臣の読者の橘の諸兄の彼は知り給ひつとこれを己は知る。すると己が立場に立ち奉る男の子が人の臣下の者の右大臣の橘の諸兄の彼の己が幻視にて己が頭の中の脳が内部の心が内部の《秋津洲の大和の国が文語の歌の体が詩型による詠歌の集》のこれはこれの固有の名称の何かの物を持つことになる《秋津洲の大和の国が文語の歌の体が詩型による詠歌の集》の固有の名称の原形の秋津洲の大和の国の己が立場に立ち賜ふ今の上が天皇の秋津洲の大和の国の宇内を御め賜ふ大きなる御時が大きなる御代のこれの世の中の《秋津洲の大和の国が文語の歌の体が詩型による詠歌の集》のこれはこれのこれの固有の名称の何かの物を持つことになる《秋津洲の大和の国が文語の歌の体が詩型による詠歌の集》のそれは秋津洲の大和の国の己が立場に立ち賜ふ今の上が天皇の秋津洲の大和の国の宇内を御め賜ふ大きなる御時が大きなる御代のこれの世の中より万の数の歳等と秋津洲の大和の国の己が立場に立ち賜ふ今の上が天皇のそれを千の数の秋津洲の大和の国の己が立場に立ち賜ふ今の上が天皇等が各各の秋津洲の大和の国の宇内を御め賜ふ大きなる御時が大きなる御代のこれの葉等が後の時が秋津洲の大和の国の己が立場に立ち賜ふ天皇の秋津洲の大和の国の宇内を御め賜はむ大きなる御時が大きなる御代のこれの世の中まで伝へ賜ふ《秋津洲の大和の国が文語の歌の体が詩型による詠歌の集》のこれはこれの固有の名称の何かの物を持つことになる《秋津洲の大和の国が文語の歌の体が詩型による詠歌の集》が内部を視給ひつつ己が頭の中の脳が内部の心が内部の《秋津洲の大和の国が文語の歌の体が詩型による詠歌の集》のこれはこれの固有の名称の何かの物を持つことになる《秋津洲の大和の国が文語の歌の体が詩型による詠歌の集》の固有の名称の原形の秋津洲の大和の国の己が立場に立ち賜ふ今の上が天皇の秋津洲の大和の国の宇内を御め賜ふ大きなる御時が大きなる御代のこれの世の中の《秋津洲の大和の国が文語の歌の体が詩型による詠歌の集》のこれはこれのこれの固有の名称の何かの物を持つことになる《秋津洲の大和の国が文語の歌の体が詩型による詠歌の集》のそれは秋津洲の大和の国の己が立場に立ち賜ふ今の上が天皇の秋津洲の大和の国の宇内を御め賜ふ大きなる御時が大きなる御代のこれの世の中より万の数の歳等と秋津洲の大和の国の己が立場に立ち賜ふ今の上が天皇のそれを千の数の秋津洲の大和の国の己が立場に立ち賜ふ今の上が天皇等が各各の秋津洲の大和の国の宇内を御め賜ふ大きなる御時が大きなる御代のこれの葉等が後の時が秋津洲の大和の国の己が立場に立ち賜ふ天皇の秋津洲の大和の国の宇内を御め賜はむ大きなる御時が大きなる御代のこれの世の中まで伝へ賜ふ《秋津洲の大和の国が文語の歌の体が詩型による詠歌の集》のこれはこれの固有の名称の何かの物を持つことになる《秋津洲の大和の国が文語の歌の体が詩型による詠歌の集》が内部の《内容》は己が音声の何の数の秋津洲の大和の国が文語の詞等と同一にかなるとこれを己が立場に立ち奉る男の子が人の臣下の者の右大臣の橘の諸兄の彼の己が思考力にて思ひ給ひつれば、それによりて己が頭の中の脳が内部の心が内部の《秋津洲の大和の国が文語の歌の体が詩型による詠歌の集》のこれはこれの固有の名称の何かの物を持つことになる《秋津洲の大和の国が文語の歌の体が詩型による詠歌の集》の固有の名称の原形の秋津洲の大和の国の己が立場に立ち賜ふ今の上が天皇の秋津洲の大和の国の宇内を御め賜ふ大きなる御時が大きなる御代のこれの世の中の《秋津洲の大和の国が文語の歌の体が詩型による詠歌の集》のこれはこれのこれの固有の名称の何かの物を持つことになる《秋津洲の大和の国が文語の歌の体が詩型による詠歌の集》のそれは秋津洲の大和の国の己が立場に立ち賜ふ今の上が天皇の秋津洲の大和の国の宇内を御め賜ふ大きなる御時が大きなる御代のこれの世の中より万の数の歳等と秋津洲の大和の国の己が立場に立ち賜ふ今の上が天皇のそれを千の数の秋津洲の大和の国の己が立場に立ち賜ふ今の上が天皇等が各各の秋津洲の大和の国の宇内を御め賜ふ大きなる御時が大きなる御代のこれの葉等が後の時が秋津洲の大和の国の己が立場に立ち賜ふ天皇の秋津洲の大和の国の宇内を御め賜はむ大きなる御時が大きなる御代のこれの世の中まで伝へ賜ふ《秋津洲の大和の国が文語の歌の体が詩型による詠歌の集》のこれはこれの固有の名称の何かの物を持つことになる《秋津洲の大和の国が文語の歌の体が詩型による詠歌の集》が内部の《内容》は己が音声の数多の数の秋津洲の大和の国が文語の詞等と同一になるとこれを己が立場に立ち奉る男の子が人の臣下の者の右大臣の橘の諸兄の彼は知り給ひつとこれを己は知る。すると己が立場に立ち奉る男の子が人の臣下の者の右大臣の橘の諸兄の彼の己が幻視にて己が頭の中の脳が内部の心が内部の《秋津洲の大和の国が文語の歌の体が詩型による詠歌の集》のこれはこれの固有の名称の何かの物を持つことになる《秋津洲の大和の国が文語の歌の体が詩型による詠歌の集》の固有の名称の《万葉集》が内部を視給ひつつ己が頭の中の脳が内部の心が内部の《秋津洲の大和の国が文語の歌の体が詩型による詠歌の集》のこれはこれの固有の名称の何かの物を持つことになる《秋津洲の大和の国が文語の歌の体が詩型による詠歌の集》の固有の名称の《万葉集》が内部の《内容》は己が音声の何の数の秋津洲の大和の国が文語の詞等と同一にかなるとこれを己が立場に立ち奉る男の子が人の臣下の者の右大臣の橘の諸兄の我の己が思考力にて思へば、それによりて己が頭の中の脳が内部の心が内部の《秋津洲の大和の国が文語の歌の体が詩型による詠歌の集》のこれはこれの固有の名称の何かの物を持つことになる《秋津洲の大和の国が文語の歌の体が詩型による詠歌の集》の固有の名称の《万葉集》が内部の《内容》は己が音声の数多の数の秋津洲の大和の国が文語の詞等と同一になるとこれを己が立場に立ち奉る男の子が人の臣下の者の右大臣の橘の諸兄の彼は知り給ひつとこれを己は知る。すると己が御前の秋津洲の大和の国の己が立場に立ち賜ふ今の上が天皇の御顔の表が面を己が立場に立ち奉る男の子が人の臣下の者の右大臣の橘の諸兄の彼は己が二つの目等にて見奉りつつ己が御前の秋津洲の大和の国の己が立場に立ち賜ふ今の上が天皇に対し奉りて己が立場に立ち奉る男の子が人の臣下の者の右大臣の橘の諸兄の我は己が頭の中の脳が内部の心が内部の《秋津洲の大和の国が文語の歌の体が詩型による詠歌の集》のこれはこれの固有の名称の何かの物を持つことになる《秋津洲の大和の国が文語の歌の体が詩型による詠歌の集》の固有の名称の原形を秋津洲の大和の国の己が立場に立ち賜ふ今の上が天皇の秋津洲の大和の国の宇内を御め賜ふ大きなる御時が大きなる御代のこれの世の中の《秋津洲の大和の国が文語の歌の体が詩型による詠歌の集》のこれはこれのこれの固有の名称の何かの物を持つことになる《秋津洲の大和の国が文語の歌の体が詩型による詠歌の集》のそれは秋津洲の大和の国の己が立場に立ち賜ふ今の上が天皇の秋津洲の大和の国の宇内を御め賜ふ大きなる御時が大きなる御代のこれの世の中より万の数の歳等と秋津洲の大和の国の己が立場に立ち賜ふ今の上が天皇のそれを千の数の秋津洲の大和の国の己が立場に立ち賜ふ今の上が天皇等が各各の秋津洲の大和の国の宇内を御め賜ふ大きなる御時が大きなる御代のこれの葉等が後の時が秋津洲の大和の国の己が立場に立ち賜ふ天皇の秋津洲の大和の国の宇内を御め賜はむ大きなる御時が大きなる御代のこれの世の中まで伝へ賜ふ《秋津洲の大和の国が文語の歌の体が詩型による詠歌の集》のこれはこれの固有の名称の何かの物を持つことになる《秋津洲の大和の国が文語の歌の体が詩型による詠歌の集》とし、それによりて己が立場に立ち奉る男の子が人の臣下の者の右大臣の橘の諸兄の我は己が頭の中の脳が内部の心が内部の《秋津洲の大和の国が文語の歌の体が詩型による詠歌の集》のこれはこれの固有の名称の何かの物を持つことになる《秋津洲の大和の国が文語の歌の体が詩型による詠歌の集》の固有の名称を《万葉集》とせむとこれを己は己が思考力にて思ひ奉るとこれを己が立場に立ち奉る男の子が人の臣下の者の右大臣の橘の諸兄の彼は己が音声の数多の数の秋津洲の大和の国が文語の詞等にて申し給ひつとこれを已は知る。

岩波書店の《萬葉集一》が内部の解説が後の位置の『三』が後の位置の『名義』の題名を持つ散文が内部には次の二つの物等の在りと平成二十年の六月の或る日の朝の或る時にこれを已は知りきと令和二年の一月の二十一日の午後の八時の頃の今の時にこれを已は知る。

名義

万葉集の名義については、古くから（1）多くの歌をのせた集（2）多くの時代にわたる集の二説が在り、ほかに近代になってから（3）紙数の多い集と解する考も出たが、第三説は試案の程度で、（1）（2）についていくつかの論考が出されている。

小学館の《歌論集一》が内部の『古来風躰抄上』が内部の数多の数の散文等が内部には次の散文の在りと平成二十四年の三月の或る日の朝の或る時にこれを已は知りき。

その後、奈良のみやこ、聖武天皇の御時になん、橘の諸兄の大臣と申す人、勅を承りて、万葉集をば撰ぜられけると申し伝ふめる。

岩波書店の《続日本紀二》が内部の『巻第十二』が内部の聖武天皇天平八年（七三六年）十一の数の月の条の散文が内部には次の表の散文の在りと平成二十四年の三月の或る日の朝の或る時より少し後の或る時にこれを己は知りき。

〇丙戌、従三位葛城王、従四位上佐為王ら表を上（たてまつ）りて曰さく、臣葛城ら言さく、去りぬる天平五年、故知太政官事一品舎人親王、大将軍一品新田部親王、勅（みことのり）を宣りて曰（のたま）はく、「聞道らく、『諸王等、臣連の姓を賜はりて朝庭に供奉らむことを願ふ』ときく。是の故に、王等を召してその状を問はしむ」とのたまひき。臣葛城ら、本よりこの情を懐（いだ）けども上達するに由無し。幸（さきはひ）に恩勅に遇ひて、死を昧（をか）して聞（きこ）えむ。昔者、軽堺原大宮に御宇（あめのしたしらしめ）しし天皇の曾孫建内宿禰、君に事ふる忠を尽くして、人臣の節を致しき。創めて八氏の祖と為りて、永く万代の基（もとゐ）を遺せり。此より以来、姓を賜ひ氏を命せり。或は真人、或は朝臣。源は王家に始まり、流れて臣氏に終る。飛鳥浄御原大宮に大八洲宇（おほやしましらしめ）しし天皇、徳、四海を覆ひ、威、八荒に震へり。欽明文思、天を経にし、地を緯にす。太上天皇、内に四徳を修め、外に万民を撫で、化（おもぶけ）、翼鱗に及び、沢（めぐみ）、草木に被べり。復、太上天皇、先軌を改むること無く、守りて違はず。率土清静にして、民寧一なり。時に、葛城が親母、贈従一位県犬養橘宿禰、上、浄御原朝庭を歴て、下、藤原大宮に逮ぶまで、君に事へて命を致し、考をを移して忠を為せり。夙夜労を忘れ、累代力を竭せり。和銅元年十一の数の月廿一日、国を挙げて大嘗に供奉る。廿五日、御宴在り。天皇、忠誠の至（いたり）を誉めて坏に浮べる橘を賜ひき。　勅して曰ひしく、〈橘は菓子の長上にして、人の好む所なり。柯は、霜雪を凌ぎて繁茂り、葉は寒暑を経て彫まず。珠玉と共に光に競ひ、金・銀に交りて愈（いよいよ）美（うるは）し。是を以て、汝の姓は橘宿禰を賜ふ〉とのたまひき。而るに今、継嗣無くは、恐るらくは明詔を失はむか。伏して惟（おもひ）みるに、皇帝陛下、天下を光し宅まして、八埏を充て塞ぎたまふ。化、海路の通ふ所を被ひ、徳、陸道の極みを蓋へり。方船の貢は府に時を空しくすること無く、河図の霊は、史（ふびと）、記を絶たず。四民業を安くし、万姓衢に謳ふ。臣葛城、幸に時に遭へる恩（めぐみ）を蒙（かがふ）り、濫（みだり）に九卿の末に接（まじは）る。進みて可否を以て、志忠を尽すに在り。身は絳闕を隆（さかり）にし、妻子は家を康くす。夫れ、王、姓を賜ひ氏を定むること由来遠し。是を以て、臣葛城ら、願はくは、橘宿禰の姓を賜り、先帝の厚名を戴き、橘氏の殊名を流へて、万歳に窮（きはま）り無く、千葉に相伝へむことをとまうす。

《続日本紀二》が内部の『巻第十五』が内部によりて、天平十五年五月五日に橘諸兄は従一位右大臣になりつとこれを已は知り、《続日本紀　三》が内部の『巻第十六』が内部によりて、天平十七年一月七日に大伴の家持は従五位の下になりつとこ

れを己は知り、『巻第十六』が内部によりて、天平十七年九月二十五日に聖武天皇は
平城京の都へ還幸し賜ひつと平成の二十四年の三月の或る日の朝の或る時より長き
時が後の時の或る時にこれを知りきとこれを己は知る。

二月作

東の国に人麿はの歌（一日）

己が著書《水底の歌柿本人麿論》が内部にて梅原猛氏の提示せる〈猨と佐留は人麿なりとの説〉に従ひて
今日の日の夜の時の八時の頃に己が家の内部の書斎が内部にて

日本書紀　天武十年　十二月　条をば視つつ　これを読み　この条の　原形視つつ　これ
読めば　十年の　冬十二月　人麿に　小錦下をば　賜ひつと　己は知れど　日本書紀　天
武十一　年春ゆ　萬葉の　持統三年　夏四月　日並皇子の　歌以前　即ち持統　二年冬
までの六年　紀が内部　人麿が事　視えざれば　こは編者　己が幻視に　人麿が　事を消
去し　たればとし　己は知れど　秋九月　天武天皇　崩の時　萬葉集に　人麿の　挽歌は

視えず　日本書紀　天武十一　年春ゆ　持統二年の　冬までの　間何処にて　人麿は　何をば為して　在りたると　これをし思ひ　日本書紀　天武十一　年春ゆ　天武十四の　冬までの　散文視つつ　これを読み　天武十一　年春ゆ　天武十四の　年の冬　までの散文原形を　読めば十二年　十二月　より天皇は　三度等も　伊勢の王等を　遣はして　諸国の堺　定めしむ　これ知り伊勢の　王等亦　東の国に　まかりつと　これ已知り　萬葉の巻十四が　内部を視　萬葉の　巻十四が　内部には〈柿本朝臣　人麿の　歌集に出づ〉の左注持つ　歌等の在りと　これを知り　人麿集ゆ　萬葉の　巻の十一に　収めたる　数多の数の　歌視れば　歌が内部に〈あらたまの　五年経れど〉在る歌の　視ゆれば読めばこの歌の　原形を得て　この歌の　原形内部に〈かの天武　十二の年ゆ　あらたまの　五年経れど〉在ると知り　萬葉の　巻十四が　内部を視　歌が内部に『はつはつ』の　在る歌視ゆれ　人麿集　内部を視給へば『はつはつ』の　在る歌視ゆれ　萬葉の　巻十四が内部を視〈心の緒ろに　乗りて〉在る　歌の視ゆれば　人麿集　内部〈心に　乗る〉歌の視ゆればかれと　これ等より　天武十二の　年春ゆ　持統二年の　冬までの　人麿がこと我思へば　天武十二の　年春ゆ　持統二年の　冬までの　五年が間　人麿は　数多の人と諸国等を　巡り歩みて　国と国の　境定むる　任務為し　つつぞ在りつる　これ知れば

勅命により　鶏が鳴く　東の国に　行き数多　歌を集めて　人麿は　東の歌の　佳き所
学びたりとし　これを知るかも

反歌

人麿は東歌読み佳き所学びたりとしこれを知るかも

新潮文庫の梅原猛著『水底の歌柿本人麿論（上）』が内部の第二部が内部の『柿本人麿の生』の固有の題名を持つ散文が内部には次の物の在りと平成二十年の七月の或る日の朝の時にこれを知りきと令和二年の二月の一日の午後の八時の頃の今の時にこれを己は知る。

柿本人麿は正史に登場しない。たしかに、柿本人麿という名でもっては、人麿は、彼が生きていたと思われる時代の正史である日本書紀にも『続日本紀』にも登場しない。しかしわれわれは、たとえ人麿がその名で正史に登場しなくても、別の名で正史に登場していないかどうかを疑ってみる必要がある。一人の人間が二つ、あるいは三つの名をもつ例は、古代にあっても、現代にあっても、しばしばある。

別名で人麿が正史に現れているとしたらどうか。別名で人麿が正史に登場したとしても、柿本朝臣という氏姓は変えることはできまい。まさに彼の生きている時代に、新しく八色の姓が定められ、氏姓の秩序がきびしく定められたのである。人麿が別の氏あるいは姓を名のることは、固く禁ぜられているはずである。柿本朝臣人麿は、正史において名を変えて現れていたとしても、柿本朝臣某でなくてはならぬ。

ところが、彼が生きている時代において、柿本朝臣を名のる人物の記事が正史に登場するのはただ二回、日本書記の天武十年（六八一）の十二月十日に柿本臣猨が小錦下を授けられたという記事と、『続日本紀』の和銅元年（七〇八）四月二十日に従四位下の柿本朝臣佐留が死んだという記事のみである。この猨はもちろんサルと読み、佐留も同じくサルと読むべきであるから、この猨と佐留とは同一人物であろう。天武十年に小錦下、従五位下相当の位を授けられた柿本臣猨が、天武十三の数の年、八色の姓の制定で朝臣の姓を授けられ、その後昇進して和銅元年に従四位下で死んだと考えられる。

岩波書店の《日本書紀下》が内部の『巻第二十九』が内部の散文が内部には次の四つの物等の在りと平成の二十一年の十月の或る日の朝の時にこれを知りき。

（天武十年）十二月二十九日に、田中臣鍛師・柿本臣猨・田部連国忍・高向臣麻呂・粟田臣真人・物部連麻呂・中臣連大嶋・曽根連韓犬・書直知徳、併て壱拾人に、小錦下の位を授けたまふ。

（天武十二年）十二月十三日に、伊勢王・大錦下羽田公八国・小錦下多臣品治・小

錦下中臣連大嶋、併せて判官・録史・工匠等を遣して、天下に巡行きて、諸国の境堺を限分ふ。然るに是年、限分ふに堪へず。

（天武十三の数の年）十一の数の月三日に、伊勢王等を遣して、諸国の堺を定めしむ。

（天武十四年）十一の数の月十七日に、伊勢の王等、亦東国に向る。因りて衣袴を賜ふ。

岩波書店の《萬葉集三》が内部の『巻第十四』が内部には次の三首の歌等の在りと平成二十三の数の年の三月の或る日の朝の六時の頃にこれを知りき。

三五三七　柵越しに麦食む小馬はつはつに相見し子らしあやに愛しも

三四六六　ま愛しみ寝れば言には出さ寝なへば心の緒ろに乗りて愛しも

三五一七　白雲の絶えにし妹を何為ろと心に乗りて許多かなしけ

《萬葉集　三》が内部には次の六首の歌等の在りと平成二十三の数の年の三月の或

る日の朝の七時の頃にこれを己は知りき。

巻第七・一三〇六　この山の黄葉の下の花をわれはつはつに見てなほ恋ひにけり
巻第十一・二四一一　白妙の袖をはつはつ見しからにかかる恋をもわれはするかも
巻第十一・二四六一　山の端に出で来る月のはつはつに妹をそ見つる恋しきまでに
巻第十・一八九六　春されば垂り枊のとををにも妹は心に乗りにけるかも
巻第十一・二四二七　宇治川の瀬瀬のしき波しくしくに妹は心に乗りにけるかも
巻第十一・二三八五　あらたまの五年経れどわが恋の跡無き恋の止まなくも怪し

右の六首等が各各の後の位置には〈柿本朝臣人麿の歌集に出づ〉の左注の在れば、それによりて柿本朝臣人麿の歌集が内部には右の六首の歌等は在りつと平成二十三の数の年の三月の或る日の朝の七時半の頃にこれを己は知りき。

《日本書紀下》が内部の『巻第二十九』が内部の右の四つの物等が各各と《萬葉集三》が内部の『巻十四』が内部の右の三首の歌等が各各によりて天武十二年十二月十三日より天武十四年十一の数の月十七までの間の時に天武天皇の諸国の堺を定むる任務を与へつる伊勢王等が中には人麿の在りつと平成二十一年の十月の或る日の朝の八時の頃にこれを己は知りき。

孫の守（十日）

今日の日の午前九時半頃に己等が娘より孫を己が妻の彼女と我等は預かりて

孫おぶひ道をば歩むリズムにて孫が眠りを誘はむとせし

孫おぶひ道を歩めばふと重く孫眠りぬと気づきたりけり

孫の守疲れたればか添ひ寝してしばしなれども深く眠りし

七夕の歌劇が脚本につきてのことが論（十三日）

己が著書《水底の歌柿本人麿論》が内部にて梅原猛氏の提示せる〈猨と佐留は人麿なりとの説〉に従ひて

昨日の日が内部の夜の時が内部のかれの時に人麿集が内部のテキスト配列の順に従ふ七夕の題名を持つ三十の数あまり七首の歌等が各各を読み、それによりて己は人麿集が内部のテキスト配列の順に従ふ七夕の題名を持つ三十の数あまり七首の歌の原形等を得て己の人麿集が内部のテキスト配列の順に従ふ七夕の題名を持つ三十の数あまり七首の歌の原形等が各各を読み、それによりて己の己が幻視にて人麿集が内部のテキスト配列の順に従ふ七夕の題名を持つ三十の数あまり七首の歌の原形等が各各の内部を視つつ人麿集が内部のテキスト配列の順に従ふ七夕の題名を持つ三十の数あまり七首の歌の原形等が各各の内部に登場してゐる星の数を数ふれば、それによりて人麿集が内部のテキスト配列の順に従ふ七夕の題名を持つ三十の数あまり七首の歌の原形等が各各の内部に登場してゐる星の数は四つの数になるとこれを己は知り、人麿集が内部のテキスト配列の順に従ふ七夕の題名を持つ三十の数あまり七首の歌の原形等が各各の内部には人麿は不在なりとこれを知り、人麿集が内部のテキスト配列の順に従ふ七夕の題名を持つ三十の数あまり七首の歌等が中の二〇〇二番の歌が内部には〈八千戈の　神の御代より〉の在り、二〇〇五番の歌が内部には〈年にある　秋待つわれは〉の在り、二〇二九番の歌が内部には〈彦星と織女と今夕逢ふらしも〉の在り、二〇三〇番の歌が内部には〈秋されば〉の在りとこれを己は知れば、己の己が幻視にて人麿集が内部のテキスト配列の順に従ふ七夕の題名を持つ三十の数あまり七首の歌の原形等が各各が内部を視つつ人麿集が内部のテキスト配列の順に従ふ七夕の題名を持つ三十の数あまり七首の歌の原形等が各各による物の原形が内部には〈何時の時より何時の時までの間の時の流れ〉のか在るとこれを己の思へば、それによりて人麿集が内部のテキスト配列の順に従ふ七夕の題名を持つ三十の数あまり七首の歌の原形等が各各による物の原形が内部には〈八洲の大和の国の或る年が内部の秋の時の立つ日より何日か前の日の夕べの時よりこれが内部の七月が内部の八日の日が内部の夜の明くる時までの間の時の流れ〉在りとこれを知り、又己の人麿集が内部のテキスト配列の順に従ふ七夕の題名を持つ三十の数あまり七首の歌等が各各を読み、それによりて人麿集が内部のテキスト配列の順に従ふ七夕の題名を持つ三十の数あまり七首の歌等が各各は〈八洲の大和の国の或る年が内部の秋の時の立つ日より何日か前の日の夕べの時よりこれが内部の七月が内部の八日の日が内部の夜の明くる時までの間の時の流れ〉に従ひて配列されてやゐるとこれを己の思へば、それによりて人麿集が内部のテキスト配列の順に従ふ七夕の題名を持つ三十の数あまり七首の歌等が各各はそれに従ひて配列されてゐずとこれを己は知りき。今日の日が内部の朝の時が内部のかれの時に己の人麿集が内部のテキスト配列の順に従ふ七夕の題名を持つ三十の数あまり七首の歌の原形等が各各を読み、人麿集が内部のテキスト配列の順に従ふ七夕の題名を持つ三十の数あまり七首の歌の原形等が各各が内部を視つつ人麿集が内部のテキスト配列の順に従ふ七夕の題名を持つ三十の数あまり七首の歌の原形等が各各による物の原形が内部には如何なる歌の原形等のか在るとこれを己の思へば、それによりて人麿集が内部のテキスト配列の順に従ふ七夕の題名を持つ三十の数あまり七首の歌の原形等が各各による物の原形が内部には〈織女に対して答ふる為に彦星の唱ふ歌の原形と彦星に対して答ふる為に織女星の唱ふ歌の原形と彦星の己が使ひの物に物を命じつつ唱ふ歌の原形と彦星の織女に対しての言ひ訳を唱ふ歌の原形と織女星の彦星を床へと誘ひつつ唱ふ歌の原形と彦星と織女等の合唱する歌の原形等〉の在りとこれを知り、〈八洲の大和の国の或る年が内部の秋の時の立つ日より何日か前の日の夕べの時よりこれが内部の七月が内部の八日の日が内部の夜の明くる時までの間の時の流れ〉に己は従ひ、人麿集が内部のテキスト配列の順に従ふ七夕の題名を持つ三十あまり七首の歌等が各各の配列を人麿集が内部の人麿配列の順に従ふ七夕の題名を持つ三十あまり七首の歌等が各各に改め、それによりて己は人麿集が内部の人麿配列の順に従ふ七夕の題名を持つ三十あまり七首の歌等を得て人麿集が内部の人麿配列の順に従ふ七夕の題名を持つ三十あまり七首の歌等が各各を読み、それによりて己の己が幻視にて人麿集が内部の人麿配列の順に従ふ七夕の題名を持つ三十の数あまり七首の歌の原形等が各各の内部を視つつ人麿集が内部の人麿配列の順に従ふ七夕の題名を持つ三十の数あまり七首の歌の原形等が各各による物が内部に登場してゐる星の数を数ふれば、それによりて人麿集が内部の人麿配列の順に従ふ七夕の題名を持つ三十の数あまり七首の歌の原形等が各各による物がの内部に登場してゐる星の数は四つの数になるとこれを己は知り、人麿集が内部の人麿配列の順に従ふ七夕の題名を持つ三十の数あまり七首の歌の原形等が各各による物が内部には人麿は不在なりとこれを知り、人麿集が内部の人麿配列の順に従ふ七夕の題名を持つ三十の数あまり七首の歌の原形等が各各による物の形式的なる名称は如何の物にかなるとこれを己の思へば、それによりて人麿集が内部の人麿配列の順に従ふ七夕の題名を持つ三十の数あまり七首の歌の原形等が各各による物の形式的なる名称は歌劇になるとこれを己は知りき。今日の日が内部の夜の時が内部の今の時に人麿集が内部の人麿配列の順に従ふ七夕の題名を持つ三十あまり七首の歌の原形等各各による歌劇の原形を読み、それによりて己の己が幻視にて己が頭が中の脳が内部の覚えが中の万葉集が内部の数多の数の歌等が各各が内部を視つつこれが内部の〈彦星の織女が屋戸に行く筋〉につきてのことを己の思へば、これは〈彦星の織女が屋戸に行く筋は漢の人等に伝はれる七夕伝説を人麿の八洲の大和の国が内部の習俗に合はせて作れる筋〉と己は知り、かの朝倉の大宮が内部にして歌劇を上演せしめたる事を知れる天武のすべらぎの詔に従ひて天武の九年が内部の七月が内部の七日が内部の夕べの時に浄御原の大宮が内部にして人麿は歌劇を上演しつとこれを己は知れば、それによりて七夕の題名を持つ三十あまり七首の歌等が各各による歌劇の脚本は如何なる物にてか在りつるとこれを己の思へば、それによりて七夕の題名を持つ三十あまり七首の歌等が各各による歌劇の脚本は次の物にて在りつとこれを己は知る。

七夕

時　大きなる八洲の大和の国の或る年が内部の立秋の日より何日等か前の日が内部の夕べの時よりこれが内部の七月の八日の夜の明けたる時までの間の時

場所　八洲の大和の国が内部の大和の国が内部の飛鳥が内部の浄御の原の皇居の屋根より遙かに高き空のそれは晴れたる空の天の河

（以下の三十七首の歌等は人麿歌集が内部の人麿の配列しつる時の一九九六より二

〇三二までの三十七首の歌等が各各の配列順による三十七首の歌等になる

第一幕　八洲の大和の国の或る年が内部の立秋の日より何日等か前の日が内部の
　べの時（十七首）

二〇〇七　ひさかたの天つ印と水無し川隔てに置きし神代し恨めし
舞台の上手・天の河の東つ方の岸に在る津の岸・織女星の観客に対する
独唱

二〇〇五　天地と別れし時ゆ己妻は然ぞ年にある秋待つわれは
舞台の下手・織女星の独唱に答ふるが如くに歌ふ天の河の西つ方の岸に
在る津の岸・彦星（牽牛星）の観客に対する独唱

二〇〇二　八千戈の神の御世（代）より乏し妻人知りにけり継ぎてし思へば
観客の笑ひを誘ふ彦星の独白的な独唱

二〇一二　白玉の五百つ集ひを解きも見ず吾は乾しかてぬ逢はむ日待つに
織女星の独白的な独唱

二〇二六　白雲の五百重隠りて遠けども夜去らず見む妹があたりは
織女星の独白的な独唱に答ふるが如くに歌ふ彦星の独白的な独唱

二〇二八　君に逢はず久しき時ゆ織る服の白栲衣垢づくまでに
観客の笑ひを誘ふ織女星の独白的な独唱

二〇三一　よしゑやし直ならずともぬえ鳥のうら嘆け居りと告げむ子もがも

織女星の独白的な独唱

二〇〇三　わが恋ふる丹の穂のおもわ今夕もか天の河原に石枕まく

織女星と彦星による合唱

二〇一一　天の河い向ひ立ちて恋ふらむに言だに告げむ妻問ふまでは

彦星の独白的な独唱

二〇〇〇　天の河安のわたりに船浮けて秋立ち待つと妹に告げこそ

彦星の己が男の子が人の使ひの者の星に対する独唱①

二〇〇八　ぬばたまの夜霧隠りて遠けども妹がつたへは早く告げこそ

彦星の己が男の子が人の使ひの者の星に対する独唱②

一九九六　天の河水底さへに照らす舟泊てし舟人妹に見えきや

舞台の上手・天の河の東つ方の岸に在る津の岸・男の子が人の津の守り人の星の独白的な独唱

二〇〇六　彦星は嘆かす妻に言だにも告げにぞ来つる見れば苦しみ

舞台の上手・天の河の東つ方の河原に在る織女星が家の内部・彦星の伝言を伝ふる彦星が男の子が人の使ひの者の星の織女星に対する独唱

一九九九　あからひく色ぐはし子をしば見れば人妻ゆゑにわれ恋ひぬべし

舞台の上手・天の河の東つ方の河原に在る織女星が家の内部・観客の笑ひを誘ふ彦星が男の子が人の使ひの者の星の独白的な独唱

一九九七　ひさかたの天の河原にぬえ鳥のうら嘆けましつすべなきまでに

織女星に逢ひし時のことを報告する彦星が男の子が人の使ひの者の星の彦星に対する独唱

二〇〇九　汝が恋ふる妹の命は飽き足らに袖振る見えつ雲隠るまで

織女星と別れし時のことを報告する彦星が男の子が人の使ひの者の星の彦星に対する独唱

二〇〇四　己夫をともしむ子らは泊てむ津の荒磯枕きて寝む君待ちがてに

今の時の織女星のことを推測する彦星が男の子が人の使ひの者の星の彦星に対する独唱

第二幕　大和の国の或る年が内部の立秋の日が内部の昼の時（六首）

二〇三〇　秋されば川そ霧らへる天の川河に向き居て恋ふる夜多き（多けむ）

舞台の上手・天の河の東つ方の岸に在る津の岸・織女星と舞台の下手・天の河の西つ方の岸に在る津の岸・彦星による合唱

二〇一三　天の河水陰草の秋風になびくを見れば時は来にけり

彦星の独白的な独唱

二〇一四　わが待ちし秋萩咲きぬ今だにもにほひに行かな遠方人に

織女星と彦星による合唱

二〇二七　わがためと織女のその屋戸に織る白栲は織りてけむかも

彦星の独白的な独唱

二〇一九　いにしへゆ挙げてし機も顧みず天の河津に年ぞ経にける
彦星の独白的な独唱に答ふるが如くに歌ふ織女星の独白的な独唱

二〇一六　ま日長く恋ふる心ゆ秋風に妹が音きこゆ紐解き行かな
彦星の独白的な独唱

第三幕　大和の国の或る年が内部の七月七日の日が内部の月の夕べの時よりこれが内部の七月の八日の夜の明けたる時までの間の時（十四首）

二〇二九　天の河楫の音きこゆ彦星と織女と今夕逢ふらしも
舞台の上手・天の河の東つ方の岸に在る津の岸・男の子が人の津の守り人の星の独白的な独唱

二〇一五　わが背子にうら恋ひ居れば天の河夜船漕ぐなる楫の音きこゆ
舞台の上手・己が家の内部・織女星の独白的な独唱

二〇一〇　夕星も通ふ天道を何時までか仰ぎて待たむ月人壮子
舞台の上手・己が家の前つ方の庭・己の照る月を仰ぎ見つつ歌ふ織女星の照る月に対する独唱

二〇二〇　天の河夜船を漕ぎて明けぬとも逢はむと思へや（思ふ夜）袖交へずあらむ
舞台の下手・天の河の水面を進む船が上・彦星の独白的な独唱

一九九八　わが恋を夫は知れるを行く船の過ぎて来べしや言も告げなむ
己が家の内部・織女星の独白的な独唱

二〇〇一　大空ゆ通ふわれすら汝ゆゑに天の河路をなづみてぞ来し
舞台の上手・織女星が家の内部・彦星の織女星に対する独唱・遅刻の言い訳①
右の歌の原文即ち萬葉仮名による歌が内部には〈吾等須良〉の在りとこれを我は知る。

二〇一八　天の河去年のわたりでうつろへば河瀬を踏むに夜そ更けにける
織女星が家の内部・彦星の織女星に対する独唱・遅刻の言い訳②

二〇一七　恋ひしくは日長きものを今だにも乏しむべしや逢ふべき夜だに
己が家の内部・寝床が前・彦星を己の寝床に誘ふ織女星の彦星に対する独唱

二〇二一　遠妻と手枕交へてさ寝る夜は鶏はな鳴きそ明けば明けぬとも
織女星が家の内部・寝床が前・己を寝床に誘ふ織女星に答ふる彦星の織女星に対する独唱

二〇三二　一年に七夕のみ逢ふ人の恋ひも過ぎねば夜は更けゆくも
舞台の上手・天の河の東つ方の岸に在る津の岸・男の子が人の津の守り人の星の独白的な独唱

二〇二三　さ寝そめて幾何もあらねば白栲の帯乞ふべしや恋ひも過ぎねば
織女星が家の内部・寝床が前・己に別れの時の白栲の帯を乞ふ彦星に答ふる織女星の彦星に対する独唱

二〇二四　万代にたづさはり居て相見とも思ひ過ぐべき恋ひにあらなくに
織女星が家の内部・寝床が前・織女星と彦星による合唱
二〇二五　万代に照るべき月も雲隠り苦しきものぞ逢はむと思へど
舞台の上手・天の河の東つ方の岸に在る津の岸・己の津の岸の水面に浮く船が上に乗る彦星を見つつ歌ふ織女星の彦星に対する独唱
二〇二二　相見らく飽き足らねどもいなのめの明けさりにけり船出せむ妻
津の岸の水面に浮く船が上に乗る己の津の岸の織女星を見つつ歌ふ彦星の織女星に対する独唱

位置不明の一首
二〇三三　天の河安の河原に定まりて神競者磨待無

《萬葉集三》が内部の『巻第十』が内部の『七夕』の固有の題名を持つテキストの配列の一九九六番の歌より二〇三二番の歌までの三十七首の歌等が後の位置には次の一首の歌と次の一首が後の位置の次の三つの物等が各各は在りと平成の二十三の数の年の三月の或る日の朝の七時の頃にこれを知れば、それによりて柿本朝臣人麿の歌集が内部には『七夕』の固有の題名を持つテキストの配列の一九九六番の歌より二〇三三番の歌までの三十八首の歌等の在りつと平成の二十三の数の年の三月の或る日の朝の七時の頃にこれを己は知りきと令和二年の二月の十三日の午後の八時の頃の今の時にこれを己は知る。

次の二〇三三番の歌が内部の（神競者磨待無）の読み方は未だ不明なれども、己は柿本朝臣人麿の歌集が内部の『七夕』の固有の題名を持つテキストの配列の一九九六番の歌より二〇三二番の歌までの三十七首の歌等が各各を対象とすることになると平成の二十三の数の年の三月の或る日の朝の七時の頃にこれを己は知りき。

二〇三三　天の河安の河原に定まりて神競者磨待無

この歌一首は庚辰の年に作れり。

右は、柿本朝臣人麿の歌集に出づ。

右の二つの左注等が中の前の位置の左注が内部の〈庚辰の年〉は天武九年になると平成二十三の数の年の三月の或る日の朝の七時の頃にこれを知りき。

二〇三〇番の歌が内部の〈多き〉は〈多けむ〉になると平成の二十三の数の年の三月の或る日の朝の八時の頃にこれを知りき。

岩波書店の《日本書記上》が内部の『巻第十四』が内部の雄略天皇四年秋八月の

条が内部には次の歌謡の在りと平成の二十年の四月の或る日の朝の時にこれを知りき。

倭の　峰群の嶺に　猪鹿伏すと　誰か　この事　大前に奏す　大君は　そこを聞かして　玉纏の　胡床に立たし　倭文纏の　胡床に立たし　猪鹿待つと　我がいませば　さ猪待つと　我が立たせば　手腓に　虻かきつき　その虻を　蜻蛉はや囓ひ　昆ふ蟲も　大君にまつらふ　汝が形は　置かむ　蜻蛉嶋倭

右の歌謡につきての注釈の散文が内部にて注釈者は次の如くに述べてゐると平成の二十年四月の或る日の朝の時にこれを知りき。

この歌、もともと、アキヅシマという名の起源を語る物語歌である。そして、演劇として行われたものと覚しい。その一つの場合を想定すれば、最初に一人が登場して、シシのいることを誰が告げるのだろうかと歌う。次に地謡の者が、天皇の行為を描写する。次に天皇が自身で歌う。「シシ待つと我が立たせば」以下がそれにあたる。この歌の途中で、天皇に関して、「大前」「大君」「わが君」という三様の表現があるのは、右のような演劇の言葉が、平面的に記憶されて書きとめられたからであろう。

己の右の歌謡につきての注釈の散文の原形が内部を読めば、それによりて雄略天皇の皇居が内部にて行はれたるものは演劇にあらずして歌劇なりと平成二十年四月の或る日の朝の時にこれを知りき。

集英社の伊藤博著[萬葉集釋注]が内部の《萬葉集釋注四》が内部の『巻第八』が内部には次の物の在りと平成二十三の数の年の三月の或る日の朝の七時の頃にこれを知りき。

ちなみに、中国七夕伝説の内容は、『荊楚歳時記』の次の記事によって大要が知られる。

天河ノ東ニ織女有り。天帝ノ子ナリ。年々織杼労役シ、雲錦ノ天衣ヲ織リ成ス。天帝其ノ独リ処ルヲ憐ミ、許シテ河西ノ牽牛ニ嫁セシム。即チ嫁シテ後遂ニ織紝ヲ廃ム。天帝怒リ責メテ、河東ニ帰ラシム。但シ其ノ一年ニ一度相会フヲ使ス。

右の物が内部の織紝の意味は、三省堂の『全訳漢辞海』が内部によりて、〈機を織る〉の意味になると平成二十三の数の年の三月の或る日の朝の七時半の頃にこれを知りき。

旺文社の『古語辞典・新版』が内部によりて七日の月の出の時刻は大体午後十一

時平になると平成二十三の数の年の三月の或る日の朝の八時の頃にこれを知りき。

初雲雀（十四日）

今朝裏庭が内部にて西空に上がりて鳴く初雲雀を見て

初雲雀今日は幾日なる二月十四の日の朝になるかも

温暖化すすみぬれども自然をば観察しつつ歌を詠むべし

大伯皇女に人麿はの歌（二十七日）

己が著書《水底の歌柿本人麿論》が内部にて梅原猛氏の提示せる〈猨と佐留は人麿なりとの説〉に従ひて

平成の　かの年かの日　萬葉集　巻十一が　内部なる　『皇祖』歌を読みしかど　『皇祖』歌の　原形を　我は得ざりき。　十九日　朝のかの時　萬葉集　巻十一が　内部なる　『皇祖』の歌を　読みしかば　『皇祖』の歌の　原形を　得てそれにより　その後に　『皇祖』

の歌の　原形を　読めば大伯の　皇女をば　モデルにしてぞ　人麿は　『皇祖』の歌の　原形を　得たると知りつ。　十九日　夜のかの時　萬葉集　巻十一が　内部なる正述心緒と寄物陳思　等が各各は　表現の　手法にあらず　萬葉集　巻十一が　内部なる正述心緒と寄物陳思　等が各各は　歌の題　なればそにより　萬葉集　巻の十二が　内部なる正述心緒と　寄物陳思　等が各各も　表現の　手法にあらず　萬葉集　巻の十二が　内部なる正述心緒と　寄物陳思　等が各各も　歌の題　なりとこを知り　萬葉集　巻十一が　内部なる　正述心緒の　題名を　持つ歌全て　人麿の　歌なりとこを　萬葉集　巻十一が　内部なる　寄物陳思の　題名を　持つ歌全て　人麿の　歌なりと知り　萬葉集　巻の十二が内部なる　正述心緒の　題名を　持つ歌全て　人麿の　歌なりとこを　萬葉集　巻の十二が　内部なる　寄物陳思の　題名を　持つ歌全て　人麿の　歌なりと知り　二十日の日朝のかの時　萬葉集　巻十一が　内部なる　正述の題　持つ歌を　全て読み終へ　萬葉集巻十一が　内部なる　正述の題　持つ歌が　中には『老い』の　歌一首　『片恋ひ』の歌在りとこを　二十日の日　昼のかの時　萬葉集　巻十一が　内部なる　寄物の題名　持つ歌を　全て読み終へ　萬葉集　巻十一が　内部なる　寄物の題名　持つ歌が　中には『老い』の　歌一首　『片恋ひ』の歌　三首等と　藤原の京　造営の　頃の歌等の　在りと知り

二十日の日　夕べかの時　萬葉集　巻の十二が　内部なる　正述の題　持つ歌を　全て読み終へ　萬葉集　巻の十二が　内部なる　正述の題　持つ歌が　中には『老い』の　歌二首等　在りとこれ知り　二十日の日　夜のかの時　萬葉集　巻の十二が　内部なる　寄物の題名　持つ歌を　全て読み終へ　萬葉集　巻の十二が　内部なる　寄物の題名　持つ歌が　中には『老い』の　歌二首等　在りとこれ知り　若き時　人麿大伯の　皇女見て　片恋ひをして　原体験　持てば若きゆ　老ゆるまで　大伯皇女に　人麿は　片恋ひしつつ　片恋ひの　相手大伯を　モデルとし　人麿虚構の　妹の子を　創造しつれ　それにより　人麿虚構の　背子と吾　創造しつと　平成の　かの年かの日　人麿集　内部テキスト　配列の　順に従ふ　七夕の　題名を持つ　三十あまり　七首の歌等　各各の　配列これは　人麿集　内部人麿　配列の　順に従ふ　七夕の　題名を持つ　三十あまり　七首の歌等　各各の　それとは違ふ　ものなりと　これをば知りつ。　昨日の日　朝のかの時　萬葉集　巻十一が　内部なる　正述の題　持つ歌を　全て読み終へ　萬葉集　巻十一が　内部なる　数多の歌等　各各は　時の流れに　従ひて　配列されて　ゐるやとし　これを思へば、萬葉集　巻十一が　内部なる　数多の歌等　各各は　時の流れに　従ひて　配列されて　ゐずとこを　己は知りつ。　昨日の日　昼のかの時　萬葉集　巻十一が　内部なる　寄物の

題名　持つ歌を　全て読み終へ　萬葉集　巻十一が　内部なる　数多の歌等　各各は　時の流れに　従ひて　配列されて　ゐるやとし　これを思へば、萬葉集　巻十一が　内部なる　数多の歌等　各各は　時の流れに　従ひて　配列されて　ゐずとこを　己は知りつ。

昨日の日　夕べかの時　萬葉集　巻の十二が　内部なる　正述の題　持つ歌を　全て読み終へ　萬葉集　巻の十二が　内部なる　数多の歌等　各各は　時の流れに　従ひて　配列されて　ゐるやとし　これを思へば、萬葉集　巻の十二が　内部なる　数多の歌等　各各は　時の流れに　従ひて　配列されて　ゐずとこを　己は知りつ。　昨日の日　夜のかの時　萬葉集　巻の十二が　内部なる　寄物の題名　持つ歌を　全て読み終へ　萬葉集　巻の十二が　内部なる　数多の歌等　各各は　時の流れに　従ひて　配列されて　ゐるやとし　これを思へば、萬葉集　巻の十二が　内部なる　数多の歌等　各各は　時の流れに　従ひて　配列されて　ゐずとこを　己は知りつ。　今日の日の　朝今の時　人麿集　テキスト正述　配列と　人麿集　人麿正述　配列は　異なりと知り　人麿集　テキスト寄物　配列と　人麿集　人麿寄物　配列は　異なりと知り　萬葉集　編者何故　人麿集　人麿正述　配列を　人麿集　テキスト正述　配列に　変へつるとこを　萬葉集　編者何故　人麿集　人麿寄物　配列を　人麿集　テキスト寄物　配列に　変へつるとこを　幾度も　己思

へば　慶雲の　三年春の　二月頃　石上麻呂　人麿集　藤原不比等に　見せたれば　天武二年の　三月に　大伯皇女を　モデルとし　人麿恋ひの　歌作り　天武九年の　六月に　大伯皇女を　モデルとし　人麿恋ひの　歌作り『七夕』の劇　作りつと　これを不比等は知りたれば　才をねたむも　在りつれば　藤原不比等　人麿に　不敬の罪在り　それにより　人麿が荊　死刑とし　和銅元年　三月に　人麿が友　高向と　粟田真人を　左遷して四月二十日に　人麿の　処刑をしつと　これを知る　編者己が身　守りつつ　編者家持後の世の　人にひそかに　知らせむと　編者は右の　こと等をぞ　全てしつると　これを知るかも

反歌

家持は人麿たたへいたまむと巻十一と十二編みつる

読者には巻十一と巻十二意図分からむと編者編みつる

《日本書記下》が内部には次の五つの物等の在りと平成二十年の四月の或る日の朝

の或る時にこれを己は知りきと令和二年の二月の二十七日の午後の八時の頃の今の時にこれを己は知る。

（天武天皇元年）七月二十三日に、男依等、近江の将犬養連五十君及び谷直塩手を粟津市に斬る。是に、大友皇子、走げて入らむ所無し。乃ち還りて山前に隠れて、自ら縊れぬ。時に左右の大臣及び群臣、皆散け亡せぬ。唯し物部連麻呂、且一二の舎人のみ従へり。

（天武天皇二年）四月十四日に、大来皇女を天照太神宮に遣侍さむとして、泊瀬斎宮に居らしむ。是は先づ身を潔めて、稍に神に近づく所なり。

（天武天皇二年）五月の乙酉の朔に、公卿大夫及び諸の臣・連幷て伴造等に詔して曰はく、「其れ初めて出身せむ者をば、先づ大舎人に仕へしめよ。

（天武天皇三年）十一の数の月九日に、大来皇女、泊瀬の斎宮より、伊勢神宮に向でたまふ。

（持統天皇朱鳥元年）十一の数の月十六日に、伊勢神祠に、奉れる皇女大来、還りて京師に至る。

《日本書記下》が内部の右の四つの物等が中の第一の物が内部の物部連麻呂は天武十二年十二月の十日に柿本臣猨即ち柿本臣人麿と高向臣麻呂と粟田臣真人等の十人等と共に小錦下の位を得つと平成の二十年の四月の或る日の朝の七時の頃にこれを知り、これの年より後の年に物部連麻呂は石上の朝臣麻呂となり、養老元年に右大臣正二位にて没しぬと平成の二十年の四月の或る日の朝の七時半の頃にこれを知り、それによりて《日本書記下》が内部の右の四つの物等が中の第一の物が内部の〈一二の舎人〉は〈小数の数の舎人等〉と同一なりつとこれを知り、これが〈小数の数の舎人等〉が中には舎人の柿本臣人麿と高向臣麻呂と粟田臣真人等の在りつとこれを知り、それによりて天武天皇元年（六七二年）に舎人の柿本臣人麿と高向臣麻呂と粟田臣真人等が各各の年齢は二十歳にて在りつとこれを己は知りき。

岩波書店の《続日本記一》が内部には次の二つの物等の在りと平成二十年の六月の或る日の朝の時にこれを知りき。

（文武天皇大宝元年）（七〇一年）十二月二十七日、大伯内親王薨しぬ。天武天皇の皇女なり。

（元明天皇和銅元年）（七〇八年）四月二十日、従四位下柿本朝臣佐留卒しぬ。

『水底の歌柿本人麿論（下）』が内部の末尾の『年表』が内部によりて、大伯内親王は四十一歳にて薨じ賜ひぬと令和二年の二月の二十五日の朝の七時の頃にこれを知れば、それによりて天武天皇二年（六七三年）に大伯内親王即ち大伯内皇女は十三歳にて在りつとこれを已は知り、それによりて大舎人の人麿は二十一歳にて在りつとこれを知り、それによりて人麿は五十六歳にて逝きつとこれを已は知りき。

『水底の歌柿本人麿論（下）』が内部の散文が内部の末尾には次の物の在りと令和二年の二月の二十五日の朝の七時半の頃にこれを知りき。

真淵の説によった場合、人麿の人生には、多くの矛盾を生じる。たとえば、なぜ持統帝に代わって挽歌を歌った宮廷詩人が六位以下のままで地方勤務を命ぜられ、石見国の掾と目の間というはなはだ卑官で、しかも国府からはるかに遠い海中の島で死ななくてはならないかということが理解できない。つまり真淵の人麿論は、それ自身の中に矛盾撞着を含むといってよい。しかし私の説のように、従四位下相当の大夫として宮廷第一の詩人であった人麿が、政治事件と恋愛事件によって失脚し、流罪のはて刑死をとげたと考えれば、人麿論はそれ自身の中に矛盾撞着を含まない。

《日本書記下》が内部の『巻第三十』が内部に斎宮に関はることは無しと平成二十年の四月の或る日の朝の或る時にこれを知りき。

《萬葉集二》が内部の『巻第九』が内部には次の五つの物等の在りと平成の二十三の数の年の三月の或る日の朝の七時の頃にこれを知りき。

妻に与ふる歌一首

一七八二　雪こそは春日消ゆらめ心さへ消え失せたれや言も通はぬ

妻の答ふる歌一首

一七八三　松反りしひてあれやは三栗の中上り来ぬ麿といふ奴

右の二首は、柿の本朝臣人麿の歌集の中に出づ。

右の前の位置の詞書が後の位置の歌と右の後の位置の詞書が後の位置の歌等が各各の左注によりて柿本朝臣人麿の歌集が内部には右の前の位置の詞書と右の前の位置の詞書が後の位置の歌と右の後の位置の詞書と右の後の位置の詞書が後の後の位置の歌等の在りつと平成の二十三の数の年の三月の或る日の朝の七時半の頃にこれを知れば、それによりて柿本朝臣人麿には妻の女の子が人の在りとこれを知りき。

《萬葉集三》が内部の『巻第十一』が内部の大体の構成は次の如くになると平成二十三の数の年の三月の或る日の朝の六時の頃にこれを知りき。

旋頭歌
旋頭歌十二首
右の十二首は、柿本朝臣人麿の歌集に出づ。
旋頭歌五首
右の五首は古歌集の中に出づ。
正述心緒
短歌四十七首
寄物陳思
短歌九十四首
問答
短歌九首
以前の一百四十九首は、柿本朝臣人麿の歌集に出づ。
右の左注が内部の百四十九首は百六十七首の誤りになるところこれを知りき

正述心緒
短歌百四首
寄物陳思

短歌百九十三首
問答
短歌二十首
譬喩
短歌十三首

《萬葉集三》が内部の『巻第十一』が内部には『正述心緒』につきて次の頭注の在りとこれを知りき。

他の事物に託さずに心情を真直に述べるという意味。正述心緒は寄物陳思・譬喩歌と並んで表現手法による部立の一つ。巻十一・十二の相聞の歌の再分類である。序詞や譬喩を用いないのが本来であるが、実際はそう厳密にはいっていないし、また正述心緒の歌が他の部類に入っていることもある。

《萬葉集三》が内部の『巻第十二』が内部の大体の構成は次の如くになると平成二十三の数の年の三月の或る日の朝の六時半の頃にこれを知りき。

正述心緒
短歌十首

寄物陳思
短歌十三首
右の二十三首は、柿本朝臣人麿の歌集に出づ。
正述心緒
短歌百首
寄物陳思
短歌百三十九首
問答歌
短歌二十六首
羇旅発思
短歌四首
右の四首は、柿本朝臣人麿の歌集に出づ。
短歌四十九首
悲別歌
短歌三十一首
問答歌
短歌十首

《日本書記下》が内部の『巻第二十九』が内部には次の二つの物等の在りと平成二

十年の四月の或る日の朝の時にこれを知りき。

（天武天皇二年）四月十四日に、大来皇女を天照太神宮に遣侍さむとして、泊瀬斎宮に居らしむ。是は先づ身を潔めて、稍に神に近づく所なり。

（天武天皇三年）十一の数の月九日に、大来皇女、泊瀬の斎宮より、伊勢神宮に向でたまふ。

《萬葉集三》が内部の『巻第十一』が内部には次の八つの物等の在りと平成二十三の数の年の三月の或る日の朝の時にこれを知りき。

問答

二五〇八　皇祖の神の御門を懼みと侍従ふ時に逢へる君かも

二五〇九　真澄鏡見とも言はめや玉かぎる石垣淵の隠りたる妻

右二首

二五一〇　赤駒の足掻速けば雲居にも隠り行かむぞ袖枕け吾妹

二五一一　隠口の豊泊瀬道は常滑の恐き道ぞ恋ふらくはゆめ

二五一二　味酒の三諸の山に立つ月の見が欲し君が馬の音ぞする

右三首

右の八つの物等が後の位置には〈以前の一百四十九首は、柿本朝臣人麿の歌集に出づ〉の左注の在りとこれを己は知り、それによりて柿本朝臣人麿の歌集が内部には右の八つの物等の在りつとこれを知りき。

岩波書店の『広辞苑』が内部には次の物の在りと平成二十三の数の年の三月の或る日の朝の七時の頃にこれを知りき。

もんどうか（問答歌）和歌の一種。一方が歌で問い、相手が歌で答えたものの併称。古くは片歌の問答唱和が見られ、問歌・答歌各一首から成る掛け合い的な組み合わせ歌のほか、問歌・答歌各二首以上のものもある。

右の二五〇八の歌と二五〇九の歌による問答は、一首の歌の不足なれば、成立せずと令和二年の二月の十九日の午後の八時の頃にこれを己は知りき。

猫柳の根（二十八日）

今朝書斎が内部にて

柱かけ一輪挿しの猫柳水代へむとし抜けば白き根

三月作

『度会の』の恋ひの時が歌の原形（一日）

《萬葉集三》が内部の『巻第十二』が内部には次の六つの物等の在りと令和二年の今年の三月の一日の朝の一日の朝の七時の頃にこれを知りきと令和二年の三月の一日の午後の八時の頃の今の時にこれを已は知る。

羇旅発思

三一二七　度会の大川の辺の若久木吾が久ならば妹恋ひむかも

三一二八　吾妹子を夢に見え来と大和路の渡瀬ごとに手向けぞわがする

三一二九　桜花咲きかも散ると見るまでに誰かも此処に見えて散り行く

三一三〇　豊国の企救の浜松根もころに何しか妹に相言ひ始めけむ

右の四首は、柿本の朝臣人麿の歌集に出づ。

すると右の六つの物等が中の最後の位置の〈右の四首は、柿本朝臣人麿の歌集に出づ〉の左注によりて、柿本朝臣人麿の歌集が内部には右の六つの物等が中の前の位置の五つの物等の在りつと令和二年の今年の三月の一日の朝の七時の頃にこれを己は知りき。

すると度会の大川の辺の若久木吾が久ならば妹恋ひむかもの恋ひの時が歌の原形は次の物になると令和二年の今年の三月の一日の夜の八時の頃の今の時にこれを己は知る。

八洲の大和の国の己が立場に立ち賜ふ今の上のすめろきの八洲の大和の国の天が下を知らしめす十二の数の年の今年が内部の冬の時が内部の十二の数の月が内部の十三の数の日の今日の日が内部の朝の時が内部の正卯の時の今の時に八洲の大和の国が内部の伊勢の国が内部の**度会の大**きなる**川の**それはそれが中に己が立場に立つ清き水の流るる川の岸の辺の道の**辺の**土が上に己の建つ大きなる神の宮の社に近き所の道の辺の土が上に己の建つ斎の宮の社が内部の己が立場に立つ斎の宮の彼女の己が立場に立つそれの彼女は己が妹の女の子が人の大伯の皇女の彼女を八洲の大和

の国が内部の大和の国が内部の飛鳥が内部の浄御原の京の都が外部の道の辺の土が上に己の己が二つの数の沓等にて立つ己が立場に立つ男の子が人の臣下の者の伊勢の王と己が立場に立つ数多の数の男の子が人の臣下の者の吾等と己が立場に立つ数多の数の男の子が人の臣下の者の工匠等が中の己が立場に立つ男の子が人の臣下の者の柿本の人麿の吾は恋ひしく思ふが、これが内部の正卯の時の今の時のこれが内部の正卯の時の今の時より少し後の時にならば、八洲の大和の国が内部の筑紫の国が内部の己が立場に立つ男の子が人の臣下の者の伊勢の王と己が立場に立つ数多の数の男の子が人の臣下の者等と己が立場に立つ数多の数の男の子が人の臣下の者の工匠等の九つの数の国等が各各の堺を定むる為に八洲の大和の国が内部の大和の国が内部の飛鳥が内部の浄御原の京の都が外部より己が立場に立つ男の子が人の臣下の者の伊勢の王と己が立場に立つ数多の数の男の子が人の臣下の者の吾等と己が立場に立つ数多の数の男の子が人の臣下の者の工匠等は陸が内部の道を行く旅と海が内部の道を行く旅と陸が内部の道を行く旅即ち旅に立ち、それによりて八洲の大和の国が内部の大和の国が内部の飛鳥が内部の浄御原の京の都が外部より己が立場に立つ男の子が人の臣下の者の伊勢の王と己が立場に立つ数多の数の男の子が人の臣下の者の吾等と己が立場に立つ数多の数の男の子が人の臣下の者の工匠等は旅を始むることになるとこれを己は知り、八洲の大和の国の己が立場に立ち賜ふ今の上のすめろきの八洲の大和の国の天が下を知らしめす十二の数の年の今年が内部の冬の時が内部の十二の数の月が内部の十三の数の日の今日の日が内部の朝の時が内部の正卯の時の今の時に八洲の大和の国が内部の伊勢の国が内部の度会の大きなる川のそれはそれが中に己が立場に立つ清き水の流るる川の岸の辺の土には己が立場に立つ数多の数の本の年の未だ**若き久木**等の己が立場に立つ数多の数の本のそれ等が各各は己が立場に立つ数多の数の本のそれ等が各各の幹より数多の数の方角等が各各へ向きて数多の数の久木の太さの細き枝等が各各の数多の数のそれ等が各各には数多の数の久木の芽等が各各の付く数多の数の久木の太さの細き枝等が各各の伸びてゐる己が立場に立つ数多の数の本の年の未だ若き久木等の立つとこれを己は知れば、〈八洲の大和の国の己が立場に立ち賜ふ今の上のすめろきの八洲の大和の国の天が下を知らしめす十二の数の年の今年が内部の冬の時が内部の十二の数の月が内部の十三の数の日の今日の日が内部の朝の時が内部の正卯の時の今の時に八洲の大和の国が内部の伊勢の国が内部の度会の大きなる川のそれはそれが中に己が立場に立つ清き水の流るる川の岸の辺の土には己が立場に立つ数多の数の本の年の未だ若き久木等の己が立場に立つ数多の数の本のそれ等が各各は己が立場に立つ数多の数の本のそれ等が各各の幹より数多の数の方角等が各各へ向きて数多の数の久木の太さの細き枝等が各各の数多の数のそれ等が各各には数多の数の久木の芽等が各各の付く数多の数の久木の太さの細き枝等が各各の伸びてゐる己が立場に立つ数多の数の本の年の未だ若き久木等の立つとこれを己は知れば〉が内部の数多の数の『久』等が各各即ち『久』の如くにこれが内部の正卯の時の今の時より少し後の時に八洲の大和の国が内部の大和の国が内部の飛鳥が内部の浄御原の京の都が外部より己が立場に立つ男の子が人の臣下の者の伊勢の王と己が立場に立つ数多の数の男の子が人の臣下の者の**吾**等と己が立場に立つ数多の数の男の子が人の臣下の者の工匠者等の始むる旅のこれが内部の正卯の時の今の時より少し後の時より**久**しき後の時までの間の時の旅に**ならば、**八洲の大和の国が内部の筑紫の国が内部の九つの数の国等が中の孰れかの国が内部の己が立場に立つ男の子が人の臣下の者の柿本の人麿の吾に八洲の大和の国が内部の伊勢の国が内部の度会の大きなる川のそれはそれが中に己が立場に立つ清き水の流るる川の岸の辺の道の辺の土が上に己の建つ大きなる神の宮の社に近き所の道の辺の土が上に己の建つ斎の宮の社が内部の己が立場に立つ斎の宮の彼女の己が立場に立つそれの彼女は己が**妹**の女の子が人の大伯の皇女の彼女はいたく**恋ひむかも**と八洲の大和の国の己が立場に立ち賜ふ今の上のすめろきの八洲の大和の国の天が下を知らしめす十二の数の年の今年が内部の冬の時が内部の十二の数の月が内部の十三の数の日の今日の日が内部の朝の時が内部の正卯の時の今の時に八洲の大和の国が内部の大和の国が内部の飛鳥が内部の浄御原の京の都が外部の道の辺の土が上に己の己が二つの数の沓等にて立つ己が立場に立つ男の子が人の臣下の者の伊勢の王と己が立場に立つ数多の数の男の子が人の臣下の者の吾等と己が立場に立つ数多の数の男の子が人の臣下の者の工匠等が中の己が立場に立つ男の子が人の臣下の者の柿本の人麿の吾は己が思考力にて思ふ。

《日本書紀下》が内部の『巻第二十九』が内部の四つの物等が各各と《萬葉集三》

が内部の『巻十四』が内部の三首の歌等が各各によりて天武十二年十二月十三日より天武十四年十一月十七までの間の時に天武天皇の諸国の堺を定むる任務を与へつる伊勢王等が中には人麿の在りつと平成二十一年の十月の或る日の朝の八時の頃にこれを己は知りき。

『広辞苑』が内部には次の物の在りと令和二年の三月の一日の朝の七時半の頃にこれを知りき。

とようけだいじんぐう（豊受大神宮）　伊勢市山田原にある神宮。祭神は豊受大神。もと丹波国真井原（まないはら）あったのを雄略天皇朝にこの地に遷したと伝える。豊受宮（とゆけのみや）・度会宮（わたらいのみや）。外宮（げくう）ともいい、皇大神宮とともに総称して伊勢神宮という。

《萬葉集三》が内部の『巻十四』が内部には次の三首の歌等の在りと平成二十三年の三月の或る日の朝の時にこれを知りき。

三五三七　柵越しに麦食む小馬はつはつに相見し子らしあやに愛しも
三四六六　ま愛しみ寝れば言には出さ寝なへば心の緒ろに乗りて愛しも
三五一七　白雲の絶えにし妹を何為ろと心に乗りて許多かなしけ

《日本書紀下》が内部の『巻第二十九』が内部の右の四つの物等が各各と《萬葉集三》が内部の『巻十四』が内部の右の三首の歌等が各各によりて天武十二年の十二月十三日より天武十四年の十一月十七までの間の時に天武天皇の諸国の堺を定むる任務を与へつる伊勢王等が中には人麿の在りつと平成二十年の四月の或る日の朝の或る時にこれを我は知りき。

柿本の人麿関係の年表（五日）

梅原猛著『水底の歌柿本人麿論　下』が内部の年表を参考にし、敬語を省略すると、柿本の人麿関係の年表は次の物になると令和二年の三月の五日の午後の七時の頃にこれを知りきと令和二年の三月の五日の午後の八時の頃の今の時にこれを己は知る。

白雉三年（六五二年）（孝徳天皇の御代）人麿生まる。

斉明七年（六六一年）一月八日、大伯の皇女（大来皇女）生まる。母は大田の皇女。

これによりて人麿と大伯の皇女は九歳の年の差。

天武元年（六七二年）六月〜七月、壬申の乱。七月二十三日、大友の皇子は自死。物部の麻呂と小数の舎人等のみ大友の皇子に従ひつ。物部の麻呂は後に石上の麻呂と改名。小数の舎人等が中には柿本の人麿・高向の麻呂・粟田の真人等の居つ。人麿二十歳。

二年（六七三年）二月二十七日、飛鳥浄御原宮にて大海人の皇子は即位して天武天皇となりつ。この日に大舎人の人麿は大伯の皇女を見つ。人麿は二十一歳・大伯の皇女は十二歳。三月、人麿は『万葉集巻十一』が内部の二五〇八と二五〇九を得つ。四月、大伯皇女は斎王になるために泊瀬の斎宮に入りつ。

三年（六七四年）十月、大伯皇女は伊勢に行きつ。

四年（六七五年）天武天皇は十四の国に命じて能く歌ふ男女・侏儒・伎人を献上せしめつ。

九年（六八〇年）六月頃、人麿は『万葉集巻十』が内部の『七夕』の固有の題名を持つ歌劇の脚本（二〇三三を含む）を得つ。

十年（六八〇年）十二月、柿の本猨（人麿）・高向の麻呂・粟田の真人・物部の麻呂・中臣の大嶋等十人に小錦下の位を与へつ。人麿は二十九歳

十二年（六八三年）十月、八色の姓を制定しつ。十一月、柿の本臣に朝臣を与へつ。十二月十三日、伊勢の王と佐留（人麿）等を遣はして諸

十三年（六八四年）

十月三日、伊勢の王と佐留（人麿）等を遣はし諸国の境を定めしめつ。

十四年（六八五年）十月十七日、伊勢の王と佐留（人麿）等は亦東国に下向しつ。

十五年（六八六年）七月、改元により朱鳥元年となりつ。

九月九日、天武天皇崩御。皇后の鸕野讃良皇女臨朝称制す。

九月十一日、殯宮を南庭に起つ。

十月二日、大津の皇子の謀反発覚。死を賜ふ。十一月十六日、大伯の皇女帰京。

持統三年（朱鳥四年）（六八九）四月十三日、皇太子草壁の皇子薨去。人麿は三十七歳。

人麿は『万葉集巻二』が内部の一六七～一六九、或る本の歌一七〇～一九三を得つ。

持統四年（六九〇年）一月、皇后は即位して持統天皇になりつ。

天智天皇の命日は天智十年十二月三日。持統天皇は父天智天皇の鎮魂の為の歌を人麿に命じ、一月、人麿は『万葉集巻一』が内部の二九～三一を得つ。月命日の二月三日に持統天皇は大津の旧き都にて使者に『万葉集巻一』が内部の二九～三一を読ましめつ。

二月十七日、持統天皇は吉野宮へ行幸しつ。二月、人麿は『万葉集巻一』が内部の三六～三七（未使用の歌）を得つ。七月、高市の皇子は太政大臣になりつ。丹治比の嶋は右大臣になりつ。

持統五年（六九一年）九月九日、川島の皇子薨去。その妻は泊瀬部の皇女（天武天皇の皇女）。泊瀬部の皇女と忍壁皇子は同母。忍壁皇子と川島の皇子は国史編集に従事。
九月九日より後の日に人麿は『万葉集巻二』が内部の一九四～一九五を得つ。人麿は三十九歳。

持統六年（六九二年）三月六日、伊勢行幸に発ちつ。三月十九日に志摩に到りつ。
三月十九日、人麿は『万葉集巻一』が内部の四〇～四二を得つ。

持統八年（六九四年）十二月、藤原京へ遷都。人麿は四十二歳・大伯の皇女は三十三歳。

持統十年（六九六年）七月十日、高市の皇子薨去。七月十日より後の日に人麿は『万葉集巻二』が内部の一九九～二〇二を得つ。

持統十一年（文武元年）（六九七年）八月、持統天皇は軽の皇子に譲位。太上天皇となりつ。軽の皇子は即位して文武天皇となりつ。人麿は四十五歳・大伯の皇女は三十六歳。

文武四年（七〇〇年）三月、僧の道昭は粟原にて火葬されつ。人麿は四十八歳・大伯の皇女は三十九歳。四月四日、明日香の皇女（天智天皇の皇女）薨去。四月四日以後に人麿は『万葉集巻二』が内部の一九六～一九八を得つ。

大宝元年（七〇一年）一月二十三日、粟田の真人は遣唐執節使になり、山の上の憶良は遣唐小録になりつ。一月二十三日以後人麿は『万葉集巻十三』が内部の三二五三～三二五四を得つ。三月、石上の麻呂は大納言になりつ。八月、大宝律令は制定されつ。九月十八日、持統太上天皇と文武天皇は紀伊への行幸に発ちつ。湯崎温泉に到り、十月十九日に帰京。十二月二十七日、大伯の皇女は四十歳にて薨去。人麿は四十九歳。

大宝二年（七〇二年）大伯の皇女の月命日の九月の二十七日の作とせむし、九月の二十七日以前に人麿は『万葉集巻二』が内部の二〇七～二一六を得つ。

慶雲元年（七〇四年）一月、石上麻呂は右大臣になりつ。七月、粟田の真人は唐より帰国。

慶雲二年（七〇五年）四月、粟田の真人は・高向の麻呂等は中納言になりつ。

慶雲三年（七〇六年）これの年が内部の春の時に藤原の不比等は柿本の人麿歌集が

内部を読みつ。

これの年が内部の春の時に人麿は死罪になり、これの年が内部の秋の時より人麿の流刑は始められつ。人麿は五十四歳。

慶雲四年（七〇七年）二月十九日、遷都がことを議らしめつ。六月、文武天皇崩御。七月、文武天皇の母阿閉の皇女は即位して元明天皇になりつ。

和銅元年（七〇八年）三月十三日、石上麻呂は左大臣になり、藤原の不比等は右大臣になりつ。従三位高向の麻呂は摂津大夫に左遷され、従三位粟田の真人は大宰の帥に左遷されつ。四月二十日、従四位下柿本の佐留（人麿）は五十六歳にて卒。

和銅三年（七一〇年）三月十日、平城京に遷都。

久慈川はの歌（九日）

百済の国よりの二千の数の人等の末裔は東の国よりの数多の数の防人等になりつとこれを己は仮定し、《萬葉集四》が内部の『萬葉集巻第二十』が内部の丸子部の佐壮の歌（四三六八）には長歌の在りつとこれを己は仮定し、丸子部の佐壮に代はりて

かのすべら　五年の冬の　かの月に　百済の国ゆ　海越えて　二千の人と　難波津に　着

きて大和に　帰化すれば　常陸の国の　北つ方　久慈の郡の　久慈川の　北の岸辺の　この土地を　かのすべらぎの　大君は　父等に賜ひ　それ故に　それゆり後は　大君の　命かしこみ　大君の　命のままに　男の子等は　防人となり　この里ゆ　男の子等出でて行きつとぞ　かの年の冬　かの夜に　薪に踊る火　燃ゆる炉の　辺に居る父の　音声の詞等にてし　少年の吾等に言ひつと　己知り　今年春　一月十日　久慈川の　北の岸辺のかの里ゆ　己は出でて　十二日　国府に着きて　十四日　朝かの時に　国府ゆり　数多の吾等　陸の道　行く旅始め　今二月　十三日の　昨日の日　昼かの時に　難波津に　吾等の　着けば　昨日の日　夕べかの時　難波津の　岸辺の国が　屋戸の前　沓等にて立つ国島の　己が音声の　詞等に　明日の日朝の　それの時　汝等筑紫へ　船により　発てば今日の日　今の時　ゆり明日の日の　朝までに　汝等歌を　作れとぞ　吾等に言ひつとこれ知れば　十四日　今日の今ゆり　三年の　後その日まで　**久慈川**の　北の岸辺の　里が内　父と母等**は**　**幸くあり**　父と母等が　各各は　己が心の　内にして　博多の大津岸の辺の　**潮**の面に　浮く**船に**　吾等は**真楫**　**繁**に**貫き**　博多の大津　岸の辺の　潮の面に　浮く船に　**吾等は**乗りて　筑紫ゆり　吾等摂津の　難波津に　**帰り来む**年　三年後二月のその日　来むまでの　年月**待て**と　吾は願ふも

反歌

久慈川は幸くあり待て潮船に真楫繁貫き吾は帰り来む

《日本書記下》が内部には次の三つのもの等のありと平成二十年の四月の或る日の朝の或る時にこれを知りきと令和二年の三月の九日の午後の八時の頃の今の時にこれを己は知る。

（天智二年）（六六三年）（八月）二十七日に、日本の船師の初づ至る者と、大唐の船師と合ひ戦ふ。日本不利けて退く。―中略―。（二十八日）に、大唐、便ち左右より船を夾みて繞み戦ふ。須臾之際に、官軍敗續れぬ。

（天智三年）是歳、對馬嶋・壱岐嶋・筑紫国等に防と烽とを置く。

（天智五年）是の冬に、京都の鼠、近江に向きて移る。百済の男女二千餘人を以て、東国に居く。

《続日本記　三》が内部の『巻二十二』が内部の淳仁天皇天平宝字三年三月の条が内部には次の物のありとそれの時より前の時にこれを知りき。

二十四日、大宰府言さく、「府官の見る所、方に安からぬこと四有り。警固式に拠るに、「博多の大津と、壱伎・対馬等の要害の処とに、船一百隻以上を置きて、不虞に備ふべし」とあり。

《萬葉集四》が内部の『巻第二十』が内部の天平勝宝七年（七五五年）の防人の八十四首の歌等の防人等が各各は皆東国よりの防人なり。これの防人の八十四首の歌等が内部には常陸の国の防人の九首の短歌等と常陸の国の防人の一首の長歌のあり。これの常陸の国の防人の九首の短歌等が各各と常陸の国の防人の一首の長歌の左注は次のものなりと平成二十年の四月の或る日の朝の或る時にこれを知りき。

天平勝宝七年（七五五年）二月十四日に、常陸国の部領防人使大目正七位上息長の真人国島が進れる歌の数は十七首なり。但し拙劣なる歌のみは取り載せず。

《萬葉集　四》が内部の『巻第二十』が内部には次の二つの物等のありと平成二十年の四月の或る日の朝の或る時にこれを知りき。

四三六八　久慈川は幸くあり待て潮船に真楫繁貫き吾は帰り来む

右の一首は、久慈郡の丸子部の佐壮のなり。

伊藤　博著［萬葉集釋注］が内部の《萬葉集釋注十》が内部の『巻第二十』が内部には次の二つの物等のありと平成二十年の四月の或る日の朝の或る時にこれを知りき。

『延喜式』によれば、常陸から平安京までの上り、行程三十日。進上された二月十四日は、太陽暦の三月三十一日頃。

新型のコロナウイルス（十日）

今月の二日より国内全校一斉休業は始まりつれども、今日の午後の七時のラヂオのニュースによれば、今日も国内の新型のコロナウイルス感染者の数と世界の新型のコロナウイルス感染者の数等が各各は増加せりとこれを厨が内部の己は知り、書斎が内部にて己の平凡社の『世界大百科事典27』が内部を見れば、『世界大百科事典27』が内部の【ペスト流行の沿革】の題名を持つ散文が内部には次の物のありと今日の日の午後の七時半頃にこれを知れば

しかしその規模において、またその歴史的意義において最も注目されるものは、十四世紀中期の全ヨーロッパを恐怖のどん底にたたきこんだもので、当時の年代記者は筆をそろえてその悲惨な情景を描き出

しているが、このペストの大流行は、有名なボッカッチョ《デカメロン》の背景をなしていることでも知られている。—中略—。これによって、ヨーロッパ全人口の約四分の一、二千五百万人が死亡したと推定されている。このような人口の激減がヨーロッパ中世封建社会に重大な打撃を与えたことは想像にかたくない。—後略。

十四世紀ペストが後のこと思へばウイルスが後別の世ならむ

クローバー（十一日）

今朝己等が家の裏庭が内部にて

芝焼きをせし庭見ればクローバー泡立つ如き小さき葉等みゆ

二月二日の午後に裏庭の枯れ芝を焼きき。

菫（二十七日）

今朝己等が家の前庭が内部にて

飛び石の辺に咲く菫これやこれ蟻に運ばれここに咲くかも

四月作

棘の先にも（八日）

今朝己等が家の前庭が内部にて

発芽せし梅が枝みれば数多なる棘の先にも赤き芽のみゆ

オレンヂの芽（十七日）

今朝己等が家の裏庭が内部にてオレンヂの木を見て

オレンヂの芽は手を挙ぐるみどり子の如き莟を先立てて伸ぶ

五月作

皐月空（一日）

今朝己等が家の前庭が内部にて草取りをして

クローバー三つ葉等描く仄白き三角形をみせて群れゐる

草取りをすれば飛び石辺の土に常磐《ときは》黄櫨《はぜ》等の花園みゆる

黄の花を見て己が手に母子草葉等に触れつつしのひつるかも

庭草を引きつつ黄の花母子草幾度も見て残したるかも

*

皐月空見つつ国内新緑によりてコロナ禍やむこともがな

柿の花（二十七日）

今日の昼、己等が家の裏庭の西の隅に立つ柿の木が前にて

まだ五月陽に照る葉等が間には淡黄色の柿の花咲く

田植ゑ時倉前が庭雨水に浮く柿の花踏み入りしかも

目の下の雨水帯なし流れゆく柿の花等を立ちて見しかも

立ち初めたる孫（二十九日）

今日の午後一時頃娘は車にて己が子と共に己等が家に来つれば、居間が内部にて

立ちながらおのれバランス取り得れば両腕広げ孫は笑むかも

六月作

高さを競ふ（六日）

今朝己等が家の裏庭が内部にて己が前つ方の柿の木が梢を見て

夏至月となりて柿の木梢には高さを競ふ枝先等みゆ

笑む顔（十五日）

今日午後の一時に己等が娘より孫を預かり居間が内部にて

孫の泣く顔見て笑むを思ひ出でまた笑む見むと思ひ抱きゐし

雨後の水（二十三日）

今朝散歩の途中他者が家の前庭が外部の道にて

雨後の水惜しみゐるがに青々と額紫陽花等並び咲くかも

七月作

ミモザの莢（一日）

今日の午後散歩の途中他者が家の前庭が外部の道にて

梅雨晴れのミモザの青き葉等が中小豆色なる莢等みゆるも

ウイルス由来（四日）

今夜の七時頃に或る男の科学者のＣＧによる画像を用ゐて人体が内部の細胞と新型コロナウイルスとウイルス全般につきてのことを解説する或るテレビ番組を見聞きして

ウイルスは体内防御システムを欺く力持ちてゐるかも

精子卵をみつけて卵に入る時のシステムウイルス由来と知るも

ウイルスの人にとりつく目的は己等が数ふやさむためのみ

数たのみ戦ふなどはウイルスの遺伝子由来のことにてあるらし

おしやべりの声（十九日）

今朝散歩の途中の道にて

電線に並ぶつばめ等声聞けばおしやべりの声いやリズミカル

八月作

葉等黒々と（四日）

今日の昼に己等が家の裏庭が内部にて土に立つオレンジの木を見て

夏真昼オレンヂの木は実等見せて葉等黒々と光り吸ひ立つ

九月作

鮮烈（二日）

今朝己等が家の前庭が内部にて

葉等が間に咲きそめはつかみゆるさへ百日紅の花は鮮烈

石仏（二十六日）

今日午前十時半頃に家が内部より出で、車にて久慈川の南つ方の岸の辺の苅田道へ行き、それの辺に立つ小数の石仏等を見て

浮き彫りの石の仏の輪郭はうすれをれども合掌まだ見ゆ

石仏の前に百日草の花いまだに祈る人等ありけり

十月作

急かす声等（十四日）

今朝七時半頃散歩の途中の道にて百舌のキイキイキイと鳴く声を聞きて

背向より百舌の高鳴き老い我のあゆみを急かす声等と聞くかも

竹　等（三十一日）

今日午後散二時の頃散歩の途中の道にて

風吹けば風に竹等は従ひてしなやかに揺れもとに戻るも

十一月作

松の芽の白さ（七日）

今日は立冬

朝戸出で庭黒松の枝先に立つ松の芽の白さに驚く

菊の若葉（十八日）

今日は庭木の剪定をする人等の来る日なれば、今朝七時半頃に己等が家の前庭が内部にて己は鎌にて数多の菊の等の数多のそれ等が各各は数多のそれ等が各各にはいまだ花の咲く数多の菊の茎等を刈らむとし、それによりて根元の土に生ひてゐる若葉を見て

白き花咲く菊の茎刈らむとし見れば根元の土に若葉の
花咲かせつつ根元より発芽させ菊は若葉に冬を越えしむ

論語再読（二十一日）

学而　第一
子曰く、学びて時に之を習ふ、亦説ばしからずや。朋、遠方より来る有り、亦楽しからずや。
人知らずして慍みず、亦君子ならずや。

冒頭に詠嘆の句の〈亦ずや〉の句をば三つも連ねて言ふかも
詞等に韻律無くばその心伝はらざるを詩を知る表現

為政　第二
子曰く、其の以てする所を視、其の由る所を観、其の安んずる所を察すれば、人焉んぞ廋さんや、人焉んぞ廋さんや。

〈其の人の安んずる所察すれば〉人の真実顕と言ふも

八佾　第三
孔子季氏を謂ふ。八佾庭に舞はしむ。是を忍ぶ可くんば、孰れをか忍ぶ可からざらんや。

〈是を忍ぶ可くんば〉これはかの中大兄の思ひにてもありけむ

岩波書店の《日本書記　下》が内部の『巻第二十四』が内部の皇極天皇元年条が内部には次の物あり。
是歳、蘇我大臣蝦夷、己が祖廟を葛城の高宮に立てて、八佾の儛をす。

里仁　第四
子曰く、唯仁者のみ能く人を好み、能く人を悪む。

〈能く人の悪をば悪むを得る者は唯仁者のみ〉これに驚く

子曰く、朝に道を聞かば、夕に死すとも可なり。

この道は誰より聞かむ道なるぞ天より聞かむ天命の道

公冶長　第五

子、陳に在りて曰く、歸らんか、歸らんか。吾が黨の小子、狂簡にして斐然として章を成す。之を裁する所以を知らず。

〈帰らんか〉より淵明はかの〈帰りなんいざ田園〉を得たりけむかも

雍也　第六

子曰く、知者は水を樂しみ、仁者は山を樂しむ。知者は動き、仁者は静かなり。知者は樂しみ、仁者は壽し。

〈仁者は山を楽しむ〉により淵明は〈悠然として南山〉得けむ

子曰く、中庸の徳為るや、其れ至れるかな。民鮮きこと久しと。

これの世は中庸により保たれて人生き得ると孔丘は言ふ

述而　第七

子、齊に在りて韶を聞くこと三月。肉の味を知らず。曰く、圖らざりき、樂を為ることの斯に至らんとは。

〈韶を聞くこと三月〉に音楽の力に驚く孔丘を視る

子、人と歌ひて善ければ、必ず之を反さしめて、而る後に之に和す。

〈人と歌ふ孔丘〉知れば〈孔丘の学ぶは道のみならず〉は明白

泰伯　第八
子曰く、詩に興り、禮に立ち、樂に成る。

〈詩に興り〉とは〈詩を読めば感動し精神生じ〉の意味にてあるかも

子罕　第九
子、匡に畏す。曰く、文王既に沒し、文茲に在らざらんや。天の將に斯の文を喪さんとするや、後死の者斯の文に與るを得ざるなり。天の未だ斯の文を喪さざるや、匡人其れ予を如何せん。

〈文王既に沒し〉ゆ貫之古今集真名序〈人麿沒し〉を得けむ

岩波書店の《古今和歌集》が内部の真名序が内部には次の物あり。
嗟呼、人麿既に沒したれども、和歌斯にあらずや。

先進　第十一
顔淵死す。子、之を哭して慟す。從者曰く、子慟せりと。曰く、慟する有るか。夫の人の為に慟するに非ずして誰が為にかせんと。

慟すれどそを覚えざる程慟し〈慟する有るか〉と顔淵の死に

顔淵　第十二
季康子、政を孔子に問ふ。孔子對へて曰く、政は正なり。子師ゐるに正を以てせば、孰か敢て正しからざらん。

不正なる人に問はれて勇あれば危ふさに克ち〈政は正なり〉

衛霊公　第十五
子曰く、之を如何せん、之を如何せんと曰はざる者は、吾之を如何ともすること末きのみ。

こころよき三つの『如何』孔丘の愛より出づるユーモアなるぞ

今月の十六日より昨日までの間に明治書院の吉田賢抗著《新釈漢文大系　1　論語》が内部を再読しき。

枇杷の花（二十九日）

今日十時頃散歩の途中他者が家の前庭が外部の道にて

枇杷の花見ればその実は冬超すと知り幾度も枇杷の花見し

十二月作

侘助の花（二日）

今朝己等が家の前庭が内部にて

侘助のひとつひとつのよく見ゆる侘助の花咲きにけるかも

原研通り（三日）

今日の夕べに己等が家より近き所の原研通りの或るスーパーが前にて

夕暮れに原研通り横切れば西より風はまっすぐに来る

緑の縞等（六日）

今日十時頃に散歩の途中村内にてもめづらしくなれる小麦畑の辺の道にて

麦畑の畝等を見つつ行けば目に緑の縞等動き初むるも

街路樹にあれど（七日）

今日十時頃に散歩の途中の道にて

街路樹にあれど散り敷く黄葉せる銀杏の葉等に踏み入るためらふ

葱の葉（十一日）

今日午後一時半頃に散歩の途中葱畑の辺の道にて

昼の陽に畑に葱等の管状の葉等が内透く葉等の見ゆるも

スクワット（十五日）

今朝己等が家の内部にて

居間にしてスクワットしつつ寒からむ庭に咲く寒椿の花見し

囲炉裏に燃ゆる火（十六日）

今朝五時頃に己等が家の内部の厨が内部にて

石油ストーヴ点火し燃え立つ火を見れば冬今日の日は始まるとこそ

ストーヴのもゆる火見えぬ赤き芯見れば恋ひしも囲炉裏に燃ゆる火

薺《なづな》ロゼット（二十一日）

今日は冬至。今朝今年初めて己等が家の水道管は凍結せり。午後二時頃に散歩の途中の道にて

道の辺の薺ロゼットぎざぎざの葉等は凍えて紫の色

令和三年（二〇二一年）　長歌四首・反歌四首・短歌六十五首

一月作

鉄幹（七日）

今朝己等が家の前庭が内部に立つ高さ四尺程の紅梅の木が前にて

近代の新派の和歌を作りたる鉄幹これは老梅の幹

鉄幹の号ゆ思へば旧き歌いとよく学び老成しけむ

三省堂の『現代短歌大事典』が内部には次の物のありと六日の昨日の朝の時にこれを己は知りきと令和三年の一月の七日の午後の八時の頃の今の時にこれを己は知る。

与謝野鉄幹（本名は寛）は明治六年（一八七三年）生まれにて昭和十年（一九三五年）逝去。明治二十九年（一八九六年）、明治書院より『東西南北』を刊行せり。明治三十二年、東京新詩社を設立し、明治三十三年、機関誌『明星』を創刊せり。

寒中の松（二十日）

今日は大寒。今朝己等が家の前庭が内部にして老いたる黒松の木を見て、

寒の松変はらぬ緑松と待つ掛けたる人の思ひしのばゆ

二月作

幹等黄色に（六日）

夕べの散歩の途中の道にて

竹林冬を超え来て黄の色にそまれる幹等夕べに照り立つ

銀鼠の春（七日）

今朝息子を車にて村立の或る施設へ送り、その帰りに

放棄田の枯れ草中に猫柳見ればそこのみ銀鼠の春

澄める黄の色（十七日）

今日の日没後に己等が家の裏庭にて

日没後見れば西空棚雲の黒きが下に澄める黄の色

三月を待つ（十九日）

少し西を向く屋戸に住み年重ねはやも来よとぞ三月を待つ

鶫の曲線（二十一日）

今日の午前十時頃に散歩の途中の道にて

畑が上に大波描き横切りて飛び行く鶫の張れる胸見ゆ

梅が香（二十三日）

午後一時頃に己等が家の前庭にて

物思ひ梅の木前を過ぎむとき梅が香吐る声を聞くかも

三つの鳶（二十八日）

午前十一時頃に散歩の途中の道にて

青空に舞へる三つの鳶見ゆれ妻を争ふ時になりたり

三月作

後の花（十三日）

今朝八時頃に己等が家の前庭が内部に立つ紅梅の木が前にて

梅の木の後の花とも見ゆるかも枝に連なる蕚等を見れば

初蝶（二十四日）

今日の午後の一時頃に散歩の途中の道にて

目の前を右より横切る白き蝶初蝶なれば白さまぶしも

四月作

初見の燕（一日）

昼食後散歩の途中の道にて

雲雀鳴くと見上ぐる空に鳴きつつも初見の燕ひるがへり飛ぶ

土色とさ緑交じり（四日）

今日の午後散歩の途中の道にて

遠くより楢の林は土色とさ緑交じりけぶれるが見ゆ

揺るる牡丹花等（二十三日）

今朝八時頃に強き風の吹く前庭が内部にて

吹く風に揺すられ揺るる牡丹花等明日別れむと思ひつつ見し

五月作

雲雀声変へ（三日）

今日の午前十一時頃散歩の途中の道にて

鳴く雲雀声等をきけばこれの世に異なる事は無しとしきこゆ

空に鳴く雲雀声変へ変はりたる声に鳴きつつ下りて行く見ゆ

譲り葉若葉

今日の午前十時半頃散歩の途中或る家の庭が前の道にて己が前の庭が内部に立つ譲り葉の木を見て

譲り葉の葉柄くれなゐ五十歳左千夫が恋ひを思ひつつ見し

講談社の《伊藤左千夫長塚節集》が内部には、大正二年作の伊藤左千夫が次の『ゆづり葉の若葉』の固有の題名を持つ連作による五首の歌等の在りと昭和四十年の四月の或る日の朝の時にこれを知りきと令和三年の五月の三日の午後の八時の頃の今の時にこれを己は知る。

ゆづり葉の若葉

世にあらむ生きのたづきのひまをもとめ雨の青葉に一日こもれり

ゆづり葉の葉ひろ青葉に雨そそぎ栄ゆるみどり庭に足らへり
わかわかしき青葉の色の雨に濡れて色よき見つつ我を忘るも
雲明るくゆづり葉みどりいやみどり映ゆる閑かを小雨うつなり
みづみづしき茎のくれなゐ葉のみどりゆづり葉汝は恋のあらはれ

本日は気象庁の新平均値を使用し始める日なりと十九日の今日の日の朝の或る時にこれを新聞にて己は知りきと令和三年の五月の十九日の午後の八時の頃の今の時にこれを己は知る。

雨三日（二十日）

今日の午後一時頃散歩の途中己が前の林を見て

雨三日木々の若葉の異なれるみどり綾なす林みゆるも

『田園』を聞きて（二十九日）

『田園』の曲の始まりいや静か聞けば初夏村へと運ぶ
鳥の声音にて描写してゐるは誰が耳にも明かならむ

描写こそ感情表現と知る故に鳥の声等を音にて描写

『田園』の第三楽章村人等アップテンポに登場するみゆ

踊りの輪めぐり初むれば回転は加速をすればシンコペーション

村の空突然暗く雷鳴は弦楽の間打楽器連打

『田園』の第五楽章嵐やみ晴れて拡がる青空のみゆ

『田園』の長きコーダの終はらむとすればメロディピアニッシモに

＊

己が定め知りたる人が心には田園のみぞ慰めなりけむ

田園は神の世界と知る故に具象的にし描写をするも

『運命』を聞きて

『運命』の曲の始まり己が定め知りたる衝撃音型としつ

『運命』の第二楽章唐突に行進曲的楽になるかも

『運命』の第三楽章五つの部弦楽連続リズムを刻む

『運命』の終はらむとすれメロディを反復加速フォルテッシモに

＊

田園に心癒やすを逃避としむごき定めをみつめ作りけむ

『運命』は己が定めを知りたる日よりの思索の経過と結果

『運命』は己が心を描写して構成しつつる楽音の劇

『運命』をきけば人等は定めをぞ受け止め生きむ思ひ強めむ

『ベートーヴェン』（音楽の友社）が内部の『ベートーヴェン略年表』が内部には次の三つの物等の在りと二十八日の昨日の午後の二時頃にこれを己は知りきと令和三年の五月の二十九日の午後の八時の頃の今の時にこれを己は知る。

一八〇一年（三十一歳）　耳の病気を訴える手紙を書く。

一八〇二年　ハイリゲンシュタットに転地。作曲に専念する。「ハイリゲンシュタットの遺書」を書く。

一八〇八年（三十八歳）《交響曲第五番》、《交響曲第六番》、《合唱幻想曲》などを初演。

『ベートーヴェン』が内部によりて十二月二十二日にウイーンのアン・デア・ウイーン劇場にて初演の折にベートーヴェンは『田園』より『運命』への順序にて演奏をしつと昨日の午後の二時より少し後の頃にこれを己は知りしかば、今日の午前八時よりその順序にてCDによる『田園』と『運命』を聞き、各楽章の一部より得し印象等を連ねきと令和三年の五月の二十九日の午後の八時の頃の今の時にこれを己は知る。

六月作

久慈川（五日）

十時半頃に久慈川に懸かる留め大橋の中央の歩道に立ちて

さみどりの植田の彼方数多家背後青葉の真弓山みゆ

北風をさへぎる屛風なす山の真弓の山は植田を守る

雨後の日の久慈川植田二分けし濁る漲る流しやまずも

甘藷の苗

午後一時半散歩の途中の道にて

植ゑつけの時に根の無き甘藷苗夏至月畑に首を上げゐる

若　竹（十日）

午後一時半散歩の途中の道にて

己が前明るくなりぬと右つ方見れば若竹林の見えし

川　原　鶸（十三日）

午後一時半散歩の途中の道にて

川原鶸鳴く声ぢぃーん振り返り見れば目にしむ林の青葉

捩　摺（二十一日）

今日は夏至。今朝九時頃己等が家の前庭にて

梅雨晴れの陽に捩摺は二巻半紅の列巻きて立つみゆ

故意に芝生にの歌（二十六日）

今日午後の二時頃に己等が家の裏庭にて

裏庭の　柿の木前に　立つ我の　柿の枝等が各各を　見つつ柿の実　見てあれば　背後ゆ

音の　聞こゆれば　振り向き見れば　裏庭の　入り口の辺に　立つ孫の　見ゆれば見れば
庭に立つ　孫己が目に　前見れば　物干し場　立ちつつ物干す　母みゆれ　母立つ方に
行かむとし　男孫走れば　つまづきて　前にたふれて　泣かむやと　思へど泣かず　立ち
あがり　母立つ方へ　走りいで　故意に芝生に　たふれ行き　汝笑ひつつ　芝生抱き　汝
立ちあがり　走りいで　故意に芝生に　たふれ行き　笑ひつつ　芝生を抱く　汝見ゆれ
笑ひつつ　芝生を抱く　汝見れば　我己が目に　心をば　楽しくせむと　遊びする　喜び
を知る　孫を見るかも

反　歌

己が心を楽しくせむと遊びする喜びを知る孫を見るかも

七月作

アベリアの花（七日）

今朝九時半頃に車にて息子と共に村立の或る施設の東つ方の駐車場に着き、
それが内部のアベリアの植ゑ込みが前にて

梅雨曇り見ればアベリア様々な方向き咲く花蜂は揺らすも

アベリアの和名は花衝羽根空木《はなつくばねうつぎ》なりとこれを己は知りき。

みんみん蟬（二十日）

今朝前庭の松の木に鳴くみんみん蟬の声等を居間が内部にして聞きて

みんみんと盛り上げ強き喜びを表現みーんと鳴くがにきこゆ

己には〈表現の起源は物真似にてありけむ〉の思ひ在り。

黒光り（二十五日）

今日の夕つ方厨が内部にて

黒光り茄子をし見れば農作に生きたる夏の父母みゆる

八月作

広島忌（六日）

今朝居間が内部にて

六日今日朝より暑し広島に閃光見たる熱さを思ふ

雄日芝（二十日）

今日午後四時頃に散歩の途中の道にて

道の辺に傘形の穂を開き立つ雄日芝みゆれ暑けれど秋

九月作

腰赤燕（七日）

今日の午後一時半頃久慈川の北側の堤が上にて己が息子と腰赤燕等を見て

久慈川の水面が上を赤き腰見せつつ腰赤燕等は飛ぶ

温暖化故に北上腰赤等大橋桁に巣を作りけむ

老農夫（十五日）

今日の午後二時半頃久慈川の北側の田の辺の道にて

穂等垂るる稲持ちて立つ老農夫顔日に焼けて田の神が如

十月作

庭に伏す菊（二日）

今朝六時半頃に前庭が内部にて

台風の夜明け見れば菊等みな伏せど枝先そろへ空見る

杜鵑の花（四日）

今朝七時裏庭が内部にて

数多立つ鉾先形の莟等が中に咲くみゆ杜鵑の花

十一月作

紅葉せる街路樹（三日）

東海駅前のスーパーの駐車場にて

赤々と紅葉せる路樹大欅黄に黄葉せる並び立つみゆ

雷神山ゆ（七日）

立冬の日の今日午前十時頃に己等が家の裏庭に立ちて

雷神山ゆ来る北風に吹かれつつ物干す妻の後ろ手みゆる

多賀山地の南端に立つ雷神山の辺は、標高はそれ程高くあらざれども、常に風の強く吹く所なりと東海村の人等はこれを知ると昭和五十八年の三月の或る日のそれはそれの日の昼に日立市水木町のアパートより己等の東海村の白方のアパートに転居しつる日の又の日の昼にこれを己は知りきと令和三年の十一月の七日の午後の八時の頃の今の時にこれを己は知る。己等が家の裏庭に接してをりし雑木林は去年の六月の或る日の昼に皆伐され、それによりて裏庭が内部に立てば東海村の北の多賀山地が南端の辺の良く見ゆるやうになれりと去年の六月の或る日の又の日の朝にこれを己は知りき。

田の主はの歌

今日午後一時半頃久慈川の北つ方の田の辺にて刈られず残る稲を見て今日の午後八時頃に書斎が内部にて

さみどりの　ひこばえの立つ　苅田辺の　道に我が立ち　己が前　見れば　刈られず　枯れ色が　稲のみゆれば　田の主は　こを見つるかと　田の主は　これを見れども　老い故か　病ひの故か　何故に　この田を苅りに　田の主は　来ざりつるかと　枯れ色が稲

反歌

苅田辺の　道に我が立ち刈られずて立つ枯れ色が稲を見しかも

青刈りの麦との問答の歌（十三日）

今日午前十一時頃散歩の道の途中にて

道の辺に　我が立ち見れば　己が前　麦畑に立つ　麦等見え　麦畑に　畝の見えねば　この故は　如何なる故か　こを問へば　麦畑の　麦の我等は　青刈りの　麦にてあれば　己等は　己が実残し　得ざれども　土中に残る　窒素を　吸ひに吸ひ　来む年の夏　作物の甘藷が為に　ならむと思ふ

反歌

畑土に残る窒素を吸ひに吸ひ甘藷が為にと麦等は答ふ

子のモデル誰と思はずの歌（二十四日）

今朝七時頃に書斎が内部にて野口雨情作『七つの子』の童謡を幾度も歌ひて

雨情作　問答体の　童謡は　秀作なれば　その故を　思へば雨情　劇作を　せむと思へる

在りつるや　思へどそれは　不明にて　雨情作　荒野の題を　持つ民謡（花と云ふ花は咲けども　妻と云ふ　花は咲かない　おお淋し）　思ひ出づれば　日本書紀　〈本毎に　花は咲けども　何とかも　愛し妹が　また咲き出来ぬ〉に　関はると　思へどこれは　皇太子中大兄の　后の死　嘆く歌にて　民謡に　用ゐざりけむ　これ思へば　これ万葉の　東歌〈時時の花は咲けども何すれぞ母とふ花の咲き出来ずけむ〉　読みたれば　なればと知れば万葉の　問答の歌　これ学び　さらに雨情は　童謡に　問答体を　よしとして　用ゐたりとし　これを知り　七つの子　歌ひて聞けば　この作の　原形それは　〈何故に　烏は啼くと　問ふ我に　烏の我には　彼の山の　麓の辺に立つ　松の木の　上の古巣に　七歳の子の在る故と　答ふれば　その故に　己が子は　可愛い可愛いと　汝啼くや　児の我問へば　その故に　可愛い可愛いと　我は啼く　己が子は　丸き眼をせる　子なればよ　児の汝よ　彼の山に行き　松の木の　古巣が中を　見給へよ〉なりとこれ知り　七つの子　歌ひて聞けば　この作は　〈七歳の子を　父の烏　称ふる〉と知り　七歳の　子に関はれる事これを　雨情は知れば　それにより　山烏の詩の　動機をば　童謡の動機に　変へつれば　雨情童謡の　動機得て　雨情それより　この作の　原形を得て　それにより　雨情それより　この作を　得つとこれ知り　七つの子　歌へば七つの　子のモデル　誰と思はず

七つの子　君等は歌ひ　童謡の　世界を耳に　知るべしの　声等の己が　耳等に聞こゆる

反　歌

子のモデル誰と思はず童謡の世界を耳に知るべし聞こゆる

令和三年の十一月の十三日の午前の十時頃に居間が内部にて己は息子とＣＤによる野口雨情作『七つの子』の童謡を聞きつと令和三年の十一月の二十四日の午後の八時の頃の今の時にこれを己は知る。

未来社の『定本野口雨情第三巻童謡Ⅰ』が内部の『十五夜お月さん』が内部には次の二つの物等の在りと令和三年の十一月の二十三日の午前の十一時の頃にこれを己は知りきと令和三年の十一月の二十四日の午後の八時の頃の今の時にこれを己は知る。

七つの子

烏　なぜ啼くの
烏は山に可愛七つの
子があるからよ

可愛　可愛と
烏は啼くの

可愛　可愛と
啼くんだよ
山の古巣に
行つて見て御覧
丸い眼をした
いい子だよ。

『定本野口雨情第一巻』が内部の『別後』が内部には次の二つの物等の在り。

荒　野

花と云ふ花は咲けども
妻と云ふ
花は咲かない
おお　淋し

荒野の果てに
咲く花は
妻と云はりョか
おお　淋し

風に吹かれて飛ぶ雲は
荒野の　果ての　野の　果ての
わたしに　何で
恋しかろ。

『定本野口雨情第一巻』が内部の解題によれば、雨情は右の作品を大正九年（一九二〇）十一月一日に「文章世界」に発表と在り。

岩波書店刊の《日本書紀下》が内部の『巻第二十五』が内部の孝徳天皇大化五年三月条には次の物の在りと令和三年の十一月の二十三日の午後の一時の頃にこれを己は知りき。

本毎に　花は咲けども　何とかも　愛《うつく》し妹が　また咲き出来ぬ

岩波書店の《萬葉集三》が内部の『巻十四』が内部の数多の東歌が中には次の二つの物等の在りと令和三年の十一月の二十三日の午後の一時の頃にこれを己は知りき。

時時の花は咲けども何すれぞ母とふ花の咲き出来ずけむ（四三二三）

右の一首は、防人山名郡の丈部眞麿のなり。

《萬葉集　二》が内部の『巻第七』が内部には次の四つの物等の在りと令和三年の十一月の二十三日の午後の一時より少し後の時の頃にこれを已は知りき。

問　答

佐保川に鳴くなる千鳥何しかも川原を偲ひいや川のぼる（一二五一）
人こそはおぼにも言はめわがここだ偲ふ川原を標結ふなゆめ（一二五二）

右の二首は、鳥を詠む。

『定本野口雨情第八巻』が内部の年譜が内部には次の物等の在りと令和三年の十一月の二十三日の午後の三時の頃にこれを已は知りき。

明治三十七年（一九〇四）　二十三歳　高塩ひろと結婚。
明治四十年（一九〇七）　二十六歳　一月から三月にかけて『朝花夜花』第一編、第二編を出版。

第一編に「焼山小唄」「おたよ」「旅のからす」「夕焼」「河原柳」「山烏の六編、第二編にも「日傘」「鳴子引」「田甫烏」「沢の螢」「萱の花」「三度笠」の六編の口語定型詩を収めた。

大正四年（一九一五）　三十四歳　五月、高塩ひろと離婚。

大正七年（一九一八）　三十七歳　秋、中里つると結婚。

大正八年（一九一九）　三十八歳　六月、『都会と田園』を出版し、詩壇への復帰を果たす。九月より『こども雑誌』に、十一月より『金の船』に童謡の発表を開始。

大正九年（一九二〇）　九月、「十五夜お月さん」を『金の船』に発表。

大正十年（一九二一）　四十歳　六月、『十五夜お月さん』を出版。七月、「七つの子」を『金の船』に発表。

大正十四年（一九二五）　四十四歳　七月、『童謡と童心芸術』を出版。


『定本野口雨情第三巻』が内部の解題『十五夜お月さん』が内部には次の物等の在りと令和三年の十一月の二十三日の午後の三時半の頃にこれを已は知りき。

「七つの子」―『金の船』大正10年7月
※付曲は本居長世。
※『朝花夜花』第一編（明治40・1）収載の「山烏」の全面改作である。

『定本野口雨情第一巻』が内部と『定本野口雨情第二巻』が内部にも『朝花夜花』第一編が内部の六編の口語定型詩等と『朝花夜花』第二編が内部の口語定型詩等は存在せざれば、それによりて「山烏」は如何なる詩なるかを己は知らずと令和三年の十一月の二十三日の午後の四時の頃にこれを己は知りき。

『定本野口雨情第八巻』が内部の巻頭の写真等が中の写真にてそれはそれに死んだ子どもを悼んで毛筆にて書きたる詩の写る写真の詩は次の物なりと令和三年の十一月の二十三日の午後の五時の頃にこれを己は知りき。

このこに珊瑚の首かざり
　七つになったら買うてやろ
七つになれなれあしたなれ
　このうたぼうやに

『定本野口雨情第八巻』が内部の『童謡と童心芸術』が内部の第五章には『七つの子』の童謡につきての雨情の次の物の在りと令和三年の十一月の二十三日の午後の六時の頃にこれを己は知りき。

内容の説明　静かな夕暮れに一羽の烏が啼きながら山の方へ飛んで行くのを見て少年は友達に
「何故烏はなきながら飛んでゆくのだろう」と尋ねましたら
「そりや君、烏はあの向ふの山にたくさんの子供たちがゐるからだよ、あの啼き声を聞いて見給へ、かはいかはいといってゐるではないか、その可愛い子供たちは山の巣の中で親がらすのかへりをきっと待ってゐるに違ひないさ」
といふ気分をうたったのであります。一般の人たちは、烏は横着物で醜い鳥だとばかり思ひなされてゐましたけれども童謡の世界では、さうした醜い感情をも、愛情の焰に包んでしまはなければなりません。
この歌詞中に丸い眼をしたいい子だよとうたったところに童謡の境地があることを考へて下さい。
童謡の境地はいかなる場合にも愛の世界であり、人情の世界でなくてはならないのであります。

右の物が内部の内容により雨情は韜晦してゐると令和三年の十一月の二十三日の午後の六時の頃にこれを己は知りき。

『定本野口雨情第八巻』が内部の年譜が内部には明治何年何月の何日に雨情と高塩ひろとの間に子の生まれたる事につきての事は存在せずと令和三年の十一月の二十

三日の午後の七時の頃にこれを己は知りき。しかれども『七つの子』の童謡が内部の七つの子即ち七つの数の歳の子即ち七歳の子のモデルは雨情と高塩ひろとの間に生まれたる子にてありけむと己の思へば、それによりて己が立場に立つ男の子が人の作者の雨情の彼が頭の中の脳が内部の山鳥の詩の動機は〈明治三十九年が内部の何時の時かの今の時の何処かの所の己と己が立場に立つ女の子が人の高塩ひろの彼女の一歳の子の可愛いことにつきての私的現実の情況に対する明治三十九年が内部の何時の時かの今の時の己が立場に立つ男の子が人の作者の雨情の我が称賛〉にてありけむとこれを己は思ひ、それによりて己が立場に立つ男の子が人の作者の雨情の彼が頭の中の脳が内部の『七つの子』の童謡の動機は〈大正十年が内部の何時の時かの今の時の何処かの所の己が七歳の子烏の可愛いことにつきての現実の情況に対する大正十年が内部の何時の時かの今の時の己が立場に立つ男の子が人の父の親の烏の我が称賛〉にてありけむとこれを己は思ひき。己が頭の中の脳が内部の山烏の詩の動機を『七つの子』の童謡の動機に変へつる故を己の思へば、それは己は童謡詩人にならむと決意しつる己が立場に立つ男の子が人の作者の雨情の彼が決意の強さの故なりけむとこれを己は思ひき。

十二月作

菊の株分け（四日）

今日午後の一時時頃に庭にて小菊の株分けをして

菊の株分けて霜にて浮くを案じ靴にて強く踏みにけるかも

枯れ野道に（二十七日）

今日午後の二時頃に散歩の途中の道にて

枯れ野道に見れば枯れ野の彼方にも青き色澄む青空の見ゆ

故郷人（二十八日）

今日午後の十二時半頃、北茨城市の兄の家に歳暮に行く途中、故郷への道に入る少し前の所の道にて西つ方を見て

冬晴れの枯れ野の彼方故郷の西に灰色山の見ゆるも

冬風を高帽山は防ぎつつ故郷人を今も守るも

藁の香（三十日）

今日午後一時に玄関が内部にて

玄関に正月飾り付けむとし見れば藁の香父祖等しのびつ

後記

長歌と反歌を組み合はせる形式より短歌は発生したることと長歌と反歌を組み合はせる形式は万葉集時代の己が立場に立つ数多の詠み人の主体等にのみ用ゐられたることは共に明かなりと平成の二十年以前の或る年の或る月の或る日の午後の八時の頃にこれを己は知りきとこれを己即ち現代の己が立場に立つ男の子が人の詠み人の酒井次男の我は知る。現代に於いてそれを己の用ゐることは万葉集時代の己が立場に立つ詠み人の主体等の模倣に過ぎざると現代の己が立場に立つ数多の数の読者の主体等に一蹴されむと令和三年の五月の二十日の午後の八時の頃にこれを思ひしかども、万葉集が内部にこれの形式の存在するが故に万葉集を尊ぶ現代の己はこれの歌集が内部にて己のこれの形式を用ゐることを試みつ。さらにこれが歌集が内部には長歌と反歌と短歌以外の少数の論等をも収録しつ。

令和六年九月十八日

酒井次男

酒井次男第九歌集　歴歳集三　茨城歌人叢書第二〇四篇

初版発行日　二〇二四年（令和六年）十二月一日

著　者――酒井次男

茨城県那珂郡東海村村松一一一―五（〒三一九―一一一二）

発行者――田村雅之

発行所――砂子屋書房

東京都千代田区内神田三―四―七（〒一〇一―〇〇四七）

電話　〇三―三二五六―四七〇八　振替　〇〇一三〇―二―九七六三一

URL http://www.sunagoya.com

組版――はあどわあく　印刷――長野印刷商工　製本――渋谷文泉閣